ÀS MARGENS DO TEMPO

Copyright © 2023 by Bettina Winkler, Caroline Camargo, Karine Ribeiro, Mariana Chazanas, Patie e Valquíria Vlad

Todos os direitos desta publicação são reservados à Editora HR Ltda. Nenhuma parte desta obra pode ser apropriada e estocada em sistema de banco de dados ou processo similar, em qualquer forma ou meio, seja eletrônico, de fotocópia, gravação etc., sem a permissão dos detentores do copyright.

Todos os personagens neste livro são fictícios. Qualquer semelhança com pessoas vivas ou mortas é mera coincidência.

Edição: *Julia Barreto*
Assistência editorial: *Marcela Sayuri*
Copidesque: *Gabriela Araújo*
Revisão: *Lorrane Fortunato e Daniela Georgeto*
Design de capa: *Túlio Cerquize*
Ilustração de capa: *Fernanda Rodrigues*
Ilustrações do miolo: *Jess Vieira*
Projeto gráfico e diagramação: *Eduardo Okuno*

Publisher: Samuel Coto
Editora-executiva: Alice Mello

Contatos: Rua da Quitanda, 86, sala 218 — Centro — 20091-005
Rio de Janeiro — RJ
Tel.: (21) 3175-1030

CIP-BRASIL. CATALOGAÇÃO NA PUBLICAÇÃO
SINDICATO NACIONAL DOS EDITORES DE LIVROS, RJ

A858

Às margens do tempo / Bettina Winkler ... [et al.]. - 1. ed. - Rio de Janeiro : Harlequin,
   2023.
   288 p. ; 21 cm.

   ISBN 978-65-5970-268-8

   1. Ficção brasileira. I. Winkler, Bettina. II. Título.

23-83572   CDD: 869.3
                      CDU: 82-3(81)

Gabriela Faray Ferreira Lopes - Bibliotecária - CRB-7/6643
20/04/2023 25/04/2023

ÀS MARGENS DO TEMPO

MARIANA CHAZANAS • PATIE
BETTINA WINKLER • VALQUÍRIA VLAD
KARINE RIBEIRO • CAROL CAMARGO

Rio de Janeiro
2023

*Para todas as mulheres negras,
do passado e do futuro, mas
especialmente as do presente.*

Sumário

Epílogo 9

A bênção da quaresmeira 13

Eu, feita de tudo e nada 69

Os ecos daqui e de lá 97

Tempo preso em uma garrafa 137

A andarilha das águas do tempo 171

O segredo do vento 213

Prólogo 269

Ordem cronológica 273

Árvore genealógica 274

Glossário... 277

Sobre as autoras 283

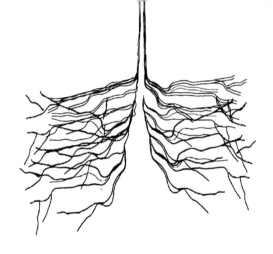

Epílogo

O tronco era seu corpo, o galho, a projeção de seus braços, e o vento, sua voz. Alimentava-se da luz do sol, banhava-se nas chuvas e assistia ao passar das estações, marcando o tempo do nascer da jovem folhagem até o momento em que secava e caía da copa exuberante. Mas era sob o solo arenoso que as raízes se estendiam, ampliando seus passos, fazendo-a vencer distâncias que os outros membros não eram capazes de percorrer, para sempre presos no mesmo lugar. E ainda assim, por mais que se estendessem ano após ano, aquelas raízes nunca cresceriam o suficiente para ultrapassar os tantos metros que a separavam de seu lar, seu verdadeiro lar, que ainda fluía nos fundos do terreno, nas águas do velho rio.

Não se sabe ao certo quando a *energia* enterrada sob a árvore e ela própria se mesclaram em um só espírito, mas juntas, do jardim do sobrado, haviam visto as matriarcas daquela família nascerem... e morrerem, por gerações a fio. Amarrada a uma magia ancestral e irada por ter sido movida de seu local de origem, a divindade se mantinha fiel à promessa de proteger, ainda que de um jeito meio torto, quem lá vivia. Em especial, aquela que ainda nasceria e a condenaria. Assim, testemunhou em silenciosa penitência as alegrias e tristezas que marcaram as vivências de suas mulheres pretas, aguardando o momento em que seria levada de volta para casa.

A bênção da quaresmeira

Mariana Chazanas

Muitos anos antes, Tereza tinha perguntado se estava em seu destino ser sacerdotisa.

A palavra era bonita, engraçada de dizer. Ela a dividiu em sílabas, deixando cada uma escorregar na língua como pedaços de cocada. Sa-cer-do-ti-sa.

Tia Lena disse que não.

Não é assim que funciona, explicou ela, e o fato é que não sabia como funcionava, só que não era daquele jeito. Não era caso de ter vontade e pronto. Para ser ialorixá, a pessoa era escolhida por algo maior que caprichos de garota.

— Até parece que pedi pra ser — reclamou Tereza, irritada tão de repente que fez tia Lena rir e bagunçar seu cabelo num carinho.

Tereza ficou ainda mais brava. Não, ela não estava mesmo pedindo pra ser mãe do terreiro, nada do tipo, e estava disposta até a admitir, com um pouco de má vontade, que nunca ouvira chamado nenhum. Não fora escolhida por ninguém. Não como seu pai ou sua irmã tinham sido.

Só que uma coisa era saber, outra bem diferente era ouvir da tia no meio de uma risada, sentindo o rosto esquentar.

— Eu que não queria isso pra minha vida — insistiu, empinando o nariz e forçando um muxoxo de pouco caso. — Deve ser só problema que aparece.

— Tem que ter muita sabedoria, menina, muito conhecimento. Ou pelo menos muita capacidade de ouvir os mais sábios.

O tom da tia foi incisivo naquela hora, e Tereza optou por não responder. Sua pergunta era só curiosidade besta. Inocente. Ouvira histórias sobre a família, de como as coisas eram antes de...

Difícil concluir aquela frase, decidir antes do quê. Da tragédia. Da libertação. Do sacrifício da irmã, Aina, poucos anos antes que a escravidão acabasse no país inteiro. Antes que seu pai morresse, e a irmã fugisse, ou morresse também sem ninguém ver, antes que tia Lena os recebesse em casa, e Antônio perdesse qualquer vontade de ser sacerdote.

Não que ele pudesse. Também não tinha aquele chamado. Mas nem do terreiro ele fazia mais questão, e Tereza perguntara por perguntar. Pra saber se tinha um destino bonito à sua espera.

Uma vez que a resposta tinha sido um não bem firme acompanhado de risadas, então tudo bem, ela tinha mais o que fazer.

As tarefas no sobrado estavam bem definidas.

A sua era lavar roupa no rio. As da família, e de outras pessoas que pagavam por aquilo, considerando que não tinha mais ninguém que fizesse de graça. E, quando terminasse, ia voltar pra casa e se juntar à cunhada e às sobrinhas na cozinha, como no dia anterior, como no dia anterior ao anterior, como no dia seguinte, como na semana inteira. Como no resto da vida.

Enquanto isso, Antônio ia pra marcenaria, onde ela bem que gostaria de estar, mas seu irmão dissera com firmeza que de jeito nenhum. A única imposição de verdade que ele fizera — *isso não é trabalho pra uma moça, o que o pai ia dizer?* —, até erguendo a voz, coisa muito rara.

O grito Tereza podia ignorar. A tristeza nos olhos dele, não. Então ela ficava. E ele ia. E ensinava para o filho mais velho o ofício de carpinteiro, porque ninguém ali tinha vocação pra nada de muito sagrado. Ninguém tinha sido escolhido.

Tia Lena ia brigar se Tereza falasse aquilo alto. Ia lhe dizer pra não ser tão ingrata, quando tinham casa, liberdade e comida na mesa todo dia. E um ao outro. Quase todo mundo da família.

Esse *quase* doía no fundo da garganta, mas, quanto ao resto, não tinha nem o que discutir, e por isso Tereza deixou a conversa morrer sozinha. Ajeitou o cesto no quadril e saiu pelos fundos, batendo a porta sem cuidado.

No caminho, passou pela quaresmeira.

A árvore de Aina.

Tinha algum tipo de encanto ali que todo mundo na casa respeitava, mas que ninguém entendia muito bem. A menina parou, olhou a casca escura do tronco e cada ramo magricela que um dia ia ser imponente, ela tinha certeza. Do tamanho da casa. Maior, até.

No momento, fazia Tereza pensar numa garota de dorso estreito e braços compridos querendo se fazer maior do que era, com seu cabelo coroado de roxo, todo florido.

Ela mediu a árvore devagar, seu olhar quase um desafio. Conferiu a porta da cozinha — fechada, ninguém espiando, nenhuma testemunha — e disse:

— Nunca te pedi nada.

Sem resposta. Nem mesmo um balanço ofendido nas folhas, como se Tereza não tivesse importância nenhuma.

Mesmo assim, ela teve certeza de que a árvore tinha ouvido.

Pilar apareceu bem depois.

A cidade aumentou. Surgiram casas, lojas na rua do centro. A venda virou empório. A pracinha foi renomeada Praça da República. Apareceu um teatro bonito na frente dela, aumentaram a prefeitura e, eventualmente, construíram um seminário um pouco mais pra frente. A primeira Escola Normal.

O que deixou Tereza confusa, até tia Lena explicar que não era pra diferenciar de uma suposta escola estranha, mas sim o nome de escola pra se formar professora de criança. Jovens de boas famílias iam estudar ali, elegantes e bem-vestidas. Algumas vinham da colônia dos alemães, tão alvas que dava aflição, com o cabelo amarelo como palha de trigo. Outras eram das famílias da terra mesmo, de rosto corado e cabelos castanhos até puxando pro preto, mas todas eram brancas.

Não era regra da escola. Antônio tinha perguntado, talvez imaginando que sua irmãzinha fosse se interessar, talvez querendo encaminhar uma das filhas. Foi informado de que nada impedia uma moça negra de estudar, desde que tivesse dinheiro. Desde que tivesse as roupas. Desde que tivesse tintas, canetas e todo o material de uma lista de duas páginas. E desde que passasse em uma prova, pra mostrar que sabia tanto quanto as outras.

Ele agradecera com um sorriso e não tocara mais no assunto.

Tereza não se incomodou; não tinha mesmo pretensão de entrar. Só gostava de ver o prédio bonito, com uma escadaria enorme na frente e portas grandes como a da igreja. Era só botar um par de torres que viraria uma catedral. Ela se perguntava que tipo de coisas as normalistas aprendiam, e onde iam achar tanta criança assim pra ensinarem depois.

Curiosidade, só. O que realmente gostava era de ver a entrada delas.

Dava uma dúzia, talvez um pouco menos, de moças num uniforme familiar, porque vez ou outra a família de uma delas precisava de uma lavadeira. Quem negociava e cobrava era tia Lena, mas era Tereza quem esfregava manchas de tinta de punhos brancos sem rasgar o tecido na força do ódio e logo tinha todo o direito de observar o efeito final.

Uma saia azul-marinho comprida e pregueada, sapatos fechados e bem-lustrados. Blusa branca de manga longa, com punho apertado e golas rendadas. Algumas com laços no pescoço, outras com gravatinhas. Cabelos presos com fivelas ou presilhas, ou em tranças caindo nas costas.

Tereza sabia que devia ter a mesma idade que elas, mas, naquelas roupas, as meninas pareciam mais velhas, mais finas, mais maduras. Um pouco intimidantes.

Não que ela fosse admitir. Jamais. Quando acontecia de uma encontrar seu olhar, Tereza erguia o queixo e encarava. E imaginava um dia em que uma ia achar graça e sorrir diante do enfrentamento. Viria perguntar quem era ela, achando-a interessante também. E então iam trocar nomes e risadas, andar de braços dados, sentir na ponta dos dedos a manga de seda ou algodão.

Isso nunca aconteceu.

O que aconteceu numa manhã muito clara, com o sol cozinhando as ruas de terra batida — o calçamento ia vir logo, o prefeito prometera, mais um sinal de progresso —, foi que uma delas, a única cuja roupa Tereza nunca tinha lavado, segurou o ombro da amiga, quase tirando a gola do lugar, e cochichou, assustada:

— Quem é essa negrinha? Por que ela olha desse jeito?

A outra procurou em volta, achou Tereza e riu.

— É só uma lavadeira. Minha mãe conhece.

A primeira ainda estava alarmada. Não reconheceria Tereza, porque era filha do finado coronel, que descansasse sem nenhuma paz. "Com branco dessa laia a gente não trabalha", dissera Antônio, e tia Lena até cuspira no chão.

Tereza não sabia a razão exata, mas não era difícil imaginar. Nenhum preto que se respeitasse gostava de fazendeiro.

Sob o olhar assustado da filha dele, ficou aliviada de não ter prestado serviço pra aquela família.

— E ela anda solta assim? — questionou a mocinha.
— Até aqui na porta?
— Sim, sonsinha. — A outra riu. — Ela vai aonde quiser, a escravidão acabou faz tempo. Só na sua casa não ficaram sabendo. Não se preocupe, eles não fazem mal nenhum.

O tom era o que Tereza usava para acalmar os sobrinhos menores quando aparecia algum bicho. Esse cachorro não morde. Essa abelha é boazinha.

— Minha mãe sempre diz... — começou a outra menina, mas àquela altura já estavam no alto da escada, e Tereza não descobriu o que a mãe da jovem dizia.

Cruzou os braços, calor subindo pelo pescoço, encarou à vontade e não foi embora até que tivessem entrado todas, a porta se fechando atrás da última aluna.

Desperdício de rebeldia. Nenhuma se virou pra conferir.

De repente ela ouvira errado. Ou não, tudo bem, mas as moças tinham cochichado, então o erro era seu, de se meter na conversa alheia. E elas com certeza ficariam desconfortáveis se soubessem que aquelas palavras tinham feito seu rosto arder. Doído como um tapa.

Com certeza.

Naquele momento a praça estava vazia. Quem tinha que abrir loja já abrira, e dali a pouco iam chegar os ambulantes, as quituteiras e os desempregados buscando trabalho por um dia, a maioria antigos escravizados. Também iam aparecer os compradores das lojas, donas de casa e os fazendeiros querendo mão de obra mais barata que a dos imigrantes, que já não ganhavam quase nada. A maioria antigos senhores.

Ela perambulou um pouco, sem vontade de voltar pra casa. Nem de ficar ali. Nem de ficar em lugar nenhum. Só andando. Foi no empório, fez as compras sem atenção, porque também era sempre a mesma coisa: só o que não dava pra fazer em casa ou trocar com os vizinhos. Um pouco de fumo, doces pras crianças, que ela gostava de sempre ter no bolso pra fazer surpresa. E continuou andando.

Nem aquilo a distraiu. A praça era pequena demais pra tanto passeio. Tereza chegou num dos bancos de madeira, pensou em seguir em frente, mas não se animou. Então se sentou, o olhar parado num canteiro de flores.

Tudo seguia igual. Serviço de casa, a roupa no rio, um dia depois do outro sob a copa de uma quaresmeira temperamental. E, de vez em quando, aqueles passeios pra se imaginar numa vida que não era sua.

Ela caçou o pacote de fumo no bolso da saia e um pedaço de palha. Com calma, ignorando o tremor irritante nas mãos, enrolou o cigarro e pegou o isqueiro enferrujado que herdara do pai. Ou, pra ser mais exata, que tinha furtado das coisas dele, mas ninguém ia usar e Tereza tinha todo o direito de pegar.

Geralmente, ela evitava fumar em público. Primeiro que não era coisa que uma dama fizesse, como tia Lena já tinha cansado de explicar. Talvez fosse até contra a lei. E, mesmo que não fosse, era bem capaz de algum guarda perguntar se ela não tinha com que se ocupar, em vez de vadiar perto de uma escola de mocinhas de bem.

Ela não queria ser uma dama agora. E talvez quisesse desafiar um guarda. Tereza se acomodou melhor no banco, o cigarro entre os dedos, o cheiro forte do fumo enchendo as narinas, fazendo-a pensar um pouco no terreiro. No pai, em lembranças vagas, mais sonhos que recordações. Sua irmã, a sacerdotisa. A escolhida.

Aina não ficaria quieta ouvindo desaforo, ficaria? Não pelo que tia Lena contava dela. E não ficaria magoada com umas meninas bobas que nem conhecia. De jeito nenhum.

E então Tereza viu Pilar.

Ainda sem saber seu nome, é evidente, ainda sem saber nada. Um movimento chamou sua atenção dispersa, e a primeira coisa que notou foi o jeito de andar da moça.

Mas não, não exatamente. Viu tudo ao mesmo tempo do jeito que se vê um arco-íris, uma impressão brilhante de luz e cor. A jovem alta e graciosa num vestido longo de um roxo mais escuro que a flor da quaresmeira, a gola cobrindo o pescoço. Cabelo preso num coque firme no alto da cabeça, coberto por uma redinha escura. Sapatos de saltinho escolhendo com cuidado onde pisar, mesmo que o chão de terra estivesse firme e seco.

Era a primeira vez que Tereza via uma moça preta tão bem-vestida.

Era a primeira vez que via uma moça linda daquele jeito.

Adivinhou de cara, sem precisar perguntar, de onde surgira aquela aparição. Estava no jeito de andar, no menear discreto dos quadris, na forma de erguer a cabeça. Nos olhos dardejando pela praça, como um beija-flor curioso.

A moça a notou e abriu um sorriso tão amigável que Tereza até se endireitou melhor no banco.

Muito tempo depois, quando contasse a história, seria daquele momento que mais se lembraria, a cena que enxergaria com total nitidez, pelo resto da vida: Pilar chegando perto de seu banco, emoldurada de sol, o brilho dourado no cabelo escuro. Um sorriso curvando os lábios mais bonitos que Tereza já vira.

Ali, naquela manhã, Tereza a encarou sem disfarçar, o cigarro esquecido entre os dedos. Não ouviu uma palavra até a moça dizer, de súbito impaciente:

— Você por acaso não fala português?

Só então Tereza acordou e se obrigou a prestar atenção.

— Falo. Claro que falo. É esse calor que me deu até vertigem. Nunca te vi aqui antes, de onde...

— É a fumaça — informou a moça, abanando a mão num gesto delicado, como se tivesse o que dissipar. — Sobe na cabeça e faz mal. E vai deixar seu cabelo com cheiro de fumo.

Tudo bem, pensou Tereza, uma pessoa bonita não tinha que necessariamente ter uma personalidade cativante. Era até melhor assim, senão onde o mundo ia parar?

— Pode deixar que disso cuido eu — respondeu ela, num tom agradável.

Puxou uma tragada, só para passar uma mensagem. Nem Tereza sabia bem qual, mas na hora pareceu importante. Soltou a fumaça devagar em seu desafio inexplicável e foi recompensada com uma sobrancelha perfeita bem-arqueada.

— Nunca vi moça direita fazer isso.

— Quantas moças direitas você conhece?

Só provocação, só porque Tereza não gostava de deixar nada sem rebate, mas doeu um pouco mais do que ela pretendia. Deu pra ver na surpresa da outra, num relance de mágoa que encheu o rosto bonito e se apagou tão rápido quanto um relâmpago. A desconhecida se virou para ir embora, e Tereza se viu de pé sem nem perceber que tinha levantado.

— Perdão, sou desbocada mesmo. Isso não é jeito de falar com uma recém-chegada na nossa linda cidade. Deixa eu começar de novo, por favor, qual é sua graça?

Estava imitando, um pouco por costume e um pouco pra fazer piada, o tom que seu irmão tinha usado nos tempos de solteiro, e que ainda usava de vez em quando pra agradar à esposa. A moça hesitou, mas um tremor na boca mostrou que estava lutando contra outro sorriso.

— Pilar — revelou, e Tereza estendeu a mão.

Então o sorriso se abriu de verdade. Pilar revirou os olhos, mas colocou a mão na sua, e Tereza fez uma reverência exagerada, curvando-se como se ela fosse uma princesa. Não beijou de verdade, mas chegou o mais perto que teve coragem, seu hálito sobre a pele macia nas costas da mão da moça.

— Muito prazer, senhorita Pilar. E o que faz por essas bandas?

Pilar riu. Puxou a mão de volta, abanando a cabeça, olhando-a como se as duas já se conhecessem havia muito mais tempo que três minutos.

— Larga de ser sonsa e fala direito, moça esquisita. E sou daqui mesmo, só não costumo passear pelo centro. Se quer saber, estou procurando um lugar pra descansar. Estou de passagem.

— Pois eu te mostro o lugar perfeito. Estou indo pra lá agora. Só esperando o sol baixar um pouco.

Não devia ser nem dez da manhã, o sol só ia aumentar. Pilar nem tentou disfarçar o ceticismo, mas, quando Tereza ofereceu o banco num gesto floreado, aceitou sem discutir, ajeitando a saia com elegância. Tirou um embrulho pequeno de algum bolso misterioso e abriu no colo.

Era um pedaço de pão e três fatias de queijo, que Pilar dividiu em partes iguais enquanto Tereza apagava o cigarro, esfregando a ponta no chão.

Pra não desperdiçar fumo, guardou o resto junto com as compras e pescou alguns doces do bolso pra somar ao piquenique improvisado. Então se ajeitou de lado no banco, o braço no encosto, o corpo virado pra nova amiga.

"Como um girassol", diria tia Lena bem depois. "Se quer achar Pilar, é só seguir o olhar dessa menina. Vai sempre apontar pra ela."

Pilar não falou que viera do bordel.

Não precisava. Tereza tinha adivinhado e jogado em sua cara sem querer. Então Pilar contou da vida dando uma volta em torno de tal informação, que nem era importante, porque nunca mais ia voltar pra lá.

Ela queria achar a mãe. Não conhecia o pai, nunca soube seu nome, mas a mãe tinha fugido antes da alforria e não a levara porque seria perigoso demais, mas com certeza tinha ido ali pro centro, onde mais haveria de ir? Pilar queria encontrá-la, e, se não fosse naquela cidade, seria na próxima, e, se não fosse na próxima, seria na outra com certeza, e assim por diante até a capital, e as duas iam morar juntas e viver em paz. Só precisava de um lugar pra descansar agora, antes de seguir.

— Você fugiu? — perguntou Tereza.

Era uma pergunta estranha. Pilar nascera livre com toda a certeza, e, ainda que não tivesse nascido, teria sido libertada com todo mundo uns anos antes. Sim. Claro. Mas, como a normalista tinha comentado na entrada da escola, nem todos os senhores concordavam. Tereza ouvira falar de vários que cobravam roupa e comida, e assim mantinham gente escravizada muito mais tempo nas fazendas, tentando pagar uma dívida que só aumentava. Outros negociavam salários com gente que não tinha senso de quanto valia um dia de trabalho e pagavam qualquer ninharia.

E outros simplesmente tocavam a vida como sempre, o chicote numa mão e uma espingarda na outra.

Tereza não conhecia o dono do bordel, mas podia imaginar como ele seria. Portanto: ela tinha fugido?

Pilar fez que não, olhando reto pra frente. Sua voz um pouco mais dura.

— Negociei tudo antes de ir embora. Acertei as contas e meu... o senhor do bordel disse que eu podia até trazer minhas coisas. As roupas e os sapatos, digo, como um presente. Não fugi e não tem ninguém vindo atrás de mim.

Em outras palavras, ela tivera que prestar seus serviços, mas o homem cumprira a parte dele do acordo. Tereza não insistiu.

Quando finalmente admitiu para si mesma que não podia mais ficar no banco da praça, levou sua nova amiga consigo. Nem chegou a ser convite. Ela se levantou dizendo que era tempo de voltarem, e Pilar a acompanhou.

E quis saber de sua vida, seus gostos, seus costumes, sua lida diária. Um pouco tímida, Tereza foi contando e, quando chegaram em casa, Pilar sabia de sua birra com a roupa pra lavar, sabia do terreiro onde o pai guiara sua gente e onde sua irmã fora escolhida antes de desaparecer, onde a própria Tereza quase nunca ia. E sabia da árvore com a copa roxa que era casa de borboletas amarelas e de algum tipo inexplicável de feitiço. A árvore de Aina.

Pilar não comentou, nem pra duvidar, nem pra ficar impressionada. Ouviu atenta e pensativa e, quando chegaram, foi direto na quaresmeira. Ergueu os olhos, tocou a casca de leve, como se cumprimentasse a dona da casa.

Um vento bateu lá em cima. Algumas flores caíram num bailado frouxo no ar, uma delas parando na redinha do coque de Pilar. Mera coincidência, mas Tereza sorriu, aliviada. Um pouco como se uma mãe rabugenta aprovasse uma pessoa querida.

Quando deu a hora de dormir, as duas meninas foram pro quarto.

Tereza estava encabulada, pensando na comparação inevitável com o bordel. Nunca vira o lugar por dentro, mas impossível que não fosse mais elegante. Pelo menos uma cama maior havia de ter.

Pilar não disse nada, mas seu rosto não mostrou qualquer sinal de desdém nem decepção. Olhou a cama simples, os pregos na parede pra pendurar roupas, a mesinha que Antônio tinha feito bem recentemente, e começou a arrumar o cabelo. Além da redinha, tinha grampos de verdade, e foi tirando um por um enquanto Tereza explicava:

— A gente não tem muita coisa ainda, porque só meu irmão que faz. E o filho dele, que é uma criança inútil, não rende muito, e ele faz mais pra fora, pra vender. Então tudo é aos poucos. Ainda estou esperando uma cadeira que, se alguém me deixasse ajudar, já estava pronta faz tempo.

— Mas você dorme sozinha aqui? É tudo seu? O quarto inteiro?

— Era — disse Tereza. — Agora é nosso.

Foi recompensada com aquele sorriso brilhante, lindo como a lua.

As duas acabaram batendo boca pra decidir onde dormir, Pilar teimando em usar uma esteira e deixar a cama pra dona da casa, e Tereza insistindo que aquilo era bobagem. A cama podia ser pequena, mas cabiam as duas.

Pilar cedeu primeiro, coisa que — Tereza ia aprender depois — não era muito comum. Então se deitaram juntas, dividindo as mesmas cobertas, conversando baixinho. Era até mais fácil assim, podiam sussurrar à vontade sem risco de que as vozes se espalhassem na noite.

No outro dia foi a mesma coisa, no terceiro também. Na quarta noite, Tereza até estranhava a ideia de que dormira a vida inteira sem Pilar.

Talvez Pilar soubesse que a ideia de encontrar a mãe era mais sonho do que plano, talvez gostasse de viver em uma casa com uma família. Talvez só quisesse descansar. O fato é que foi ficando, aos poucos se encaixando na vida de Tereza.

E na de todo mundo. Tia Lena aceitou a moça como se fosse de casa, Antônio e a esposa estavam ocupados demais pra se incomodar, as crianças se encantaram com aquela presença elegante e refinada.

Pilar era dedicada e prestativa, e bem mais educada que Tereza, como todo mundo fazia questão de comentar. Amorosa com as crianças, respeitosa com as mulheres, distante e ressabiada com Antônio, mas mesmo aquilo começou a melhorar depois de um tempo.

Ela acompanhava Tereza no trabalho, sempre gentil até com as clientes mais malcriadas, e refreava um pouco seu mau humor.

— Você se irrita fácil demais — comentou quando Tereza quase bateu a porta na cara de uma delas. — Qualquer um que te olha torto, sua paciência evapora.

— Eu *falei* que estava indo, deixei bem avisado que não ia chegar de madrugada, mesmo assim essa filha de uma boa senhora vem jogar roupa suja na minha cara, e eu que tenho que aguentar quieta?

Estava falando de Matilda, uma das pouquíssimas pretas que pagavam pra ter a roupa lavada. Como a mulher trabalhava em casa de madame, não tinha tempo pra cuidar das próprias coisas.

De modo curioso, tempo pra perturbar ela sempre achava. Como saía cedo, fazia questão de que sua prestimosa lavadeira passasse lá mais cedo ainda. Em resposta, Tereza a deixava por último. O que significava que às vezes a mulher aparecia na sua porta com um saco de roupa e saía reclamando do atraso e pisando duro. Mesmo depois de fechar a porta, Tereza a ouviu resmungando lá fora. *Nem um café servem nessa casa, nunca vi uma coisa dessas...*

Pilar começou a rir.

— Terê, se você pudesse ver sua cara...

— Vou jogar café na cabeça dela, na próxima vez. A gente já cobra menos do que devia, e ela ainda se dá esses ares.

— A coitada só quer ser respeitada, meu coração. Principalmente aqui. Sua família é importante.

A conversa era velha. Pilar tinha seu jeito de fazer as coisas e gostava de respeitar os outros. Chamava Matilda de senhora, o que alisava a onça de um jeito que chegava a ser ridículo, e que Tereza não ia nem tentar imitar.

— Pois ela que me respeite primeiro — murmurou Tereza. — Já não gosto de gente encostada, que dirá encostada e sem educação.

Mas estava um pouco mais aplacada. Não tanto pelo comentário, mas pelo braço de Pilar envolvendo sua cintura.

Pouco depois, Pilar resolveu arrumar trabalho.

Até então, ficava ao lado de Tereza, tanto na peregrinação pelas casas das clientes, quanto na beira do rio. Agora queria um trabalho só seu, e não adiantou Tereza contestar. Só depois de muita insistência Pilar admitiu que se sentia desconfortável se juntando às lavadeiras.

Tereza mal notava as outras, ainda mais depois que Pilar chegara. Se alguém a estava atormentando, não tinha percebido, mas que não fosse por isso, ia tomar providências no dia seguinte.

— Não — contrapôs Pilar, com um sorriso triste. — Ninguém me disse nada, nem fez nada. Mas sei que... eu sinto, sabe. Sei o que estão pensando. Todo mundo que me olha sabe de onde vim. E quem eu sou. Quero outra coisa.

— Mas — começou Tereza, e não teve coragem de terminar. Estava prestes a apontar que, se o problema era esse, ia ser pior ainda quando fosse buscar serviço com as madames que iam julgar muito mais. Só que aquilo magoaria a amiga, então, depois de gaguejar um pouco, continuou: — Você pode ficar em casa. Ajudar aqui dentro.

— De jeito nenhum. Quero trabalhar. Não vou ser uma encostada.

Tereza reconheceu o eco das próprias palavras e ficou indignada. Mesmo assim, não teve pedido ou promessa que dobrasse o orgulho da amiga, e no dia seguinte Pilar foi procurar alguma coisa na cidade.

— A menina está certa — opinou tia Lena, quando viu Tereza emburrada no quintal, olhando a rua da frente. — É questão de dignidade.

— Mas ela vai passar o dia inteiro longe.

— Vai. Mas você tem o que fazer, não tem?

Tia Lena não fazia a menor questão de ser sutil.

No final da tarde, quando Pilar voltou, Tereza estava sentada exatamente no mesmo lugar, tomando ar fresco. E sim, tinha se levantado, cuidado dos afazeres, ajudado na cozinha e tudo, foi só que resolvera descansar lá fora depois e ninguém tinha nada a ver com aquilo, mesmo que parecesse um cachorrinho abandonado esperando o dono.

Pilar teve a delicadeza de não rir de sua cara. Sentou-se ao seu lado sem comentar como ela era boba e contou que tinha achado um trabalho na terceira casa em que batera. Uma sorte, porque as duas primeiras nem tinham se dignado a abrir a porta.

— É pra ajudar uma professora de idade que se chama Maria de Lourdes, você conhece? Ela ensina crianças, prepara as meninas pro teste de admissão da escola na praça. Disse que posso ver as aulas depois de terminar o serviço, se der tempo. Imagina só...

Ela fez tanto esforço pra soar casual, que Tereza pensou em Antônio. Na expressão dele no dia em que decidira perguntar na escola como se fazia pra entrar lá. "Não custa nada perder tempo", dissera o irmão, tentando disfarçar a esperança. E a decepção depois.

Mas agora a situação era outra. Se a própria mulher lá tinha falado, era diferente; Pilar não precisava ter medo assim de acreditar.

— Por que não? — rebateu. — Se essas meninas conseguem aprender, você também consegue.

Pilar ergueu a sobrancelha. Tereza insistiu:

— A gente poderia. Não sou burra, e você também não.

O rosto de Pilar se suavizou.

— Sei disso, coração. Mas estou feliz de poder limpar a casa, é um emprego bem decente. Não precisa de mais.

— Sim, mas não me diga que não ia gostar de ser professora. Eu vejo como você é com as crianças.

Pilar demorou pra responder. Olhou pra longe, perdida em pensamentos, e Tereza não tentou quebrar o silêncio. Era bom ficar daquele jeito, depois de um dia inteiro esperando. Sentada ao lado dela, vendo seu perfil bonito com o fim da tarde de fundo.

A bênção da quaresmeira

Por fim, Pilar disse:

— Eu aprendi a ler um pouco, sabe. Uma das meninas mais velhas sabia e me ensinou, no... antes. Sempre quis ter uma educação de verdade.

— Eu não. Só queria ir na escola pra ver as alunas.

Era seu fascínio com o uniforme elegante, com os cabelos bem-penteados, com o jeito que elas tinham de andar de braços dados, com os sapatos de saltinho ecoando na escada, com o perfume que sobrava depois que tinham entrado. Mas Pilar entendeu outra coisa, porque lhe lançou um olhar malicioso e um sorrisinho escondido que fez o rosto de Tereza esquentar.

— Só acho elas bonitas — defendeu-se, o que não ajudou em nada.

O sorriso de Pilar aumentou.

— Pois fique em paz, você já tem uma moça bonita aqui bem do seu lado. *Eu* queria estudar mesmo, é... eu ia dizer divertido, mas não, não é bem isso. Dá trabalho. Mas é um tipo de trabalho que...

Ela parou, buscando as palavras, e Tereza suspirou.

— Como a marcenaria. Um tipo de trabalho que você sente vontade de trabalhar.

— É. É exatamente isso.

Pilar pegou sua mão num gesto distraído. Tereza deixou que ela segurasse sua palma, entrelaçasse os dedos nos seus.

Era curiosa, a diferença na pele das duas. A sua mais quente, um tom avermelhado de marrom. A de Pilar parecia mais fria, mais escura. Era como Tereza imaginava Iemanjá, de noite nas águas imensas do oceano.

— Nunca vi uma preta professora — murmurou Pilar então.

Tereza fora tão longe contemplando suas mãos que levou alguns segundos pra se situar.

— Eu também não, mas e daí? As coisas começam em algum lugar.

Pilar apertou os lábios. Tereza insistiu:

— Alguém tem que ser a primeira, por que não você? E daí minhas sobrinhas, e as outras crianças também, todo mundo, não vão dizer que nunca viram nenhuma. Não tem preta naquela escola, nem mesmo uma preta clarinha, mas, se você virar professora, vai ter pelo menos uma na cidade. E pra próxima vai ser mais fácil. E pra quem vier depois dela também. E alguém vai passar no tal do teste e entrar na escola, e daí teremos alunas também, e assim por diante. Não é?

— Talvez — respondeu Pilar, com cuidado, mas agora Tereza estava empolgada, construindo seu castelo no chão de terra batida.

— E daí podem até estudar outras coisas, além de como ensinar criança. De repente uma vai escrever um livro. Ou ser jornalista. Advogada. Até médica, já pensou?

— E pode uma mulher ser médica, ou escritora, ou essas coisas? Eles deixam?

Tereza abriu um sorriso brilhante e apertou sua mão com carinho. Então se levantou, puxando Pilar consigo.

— Nem imagino. Ela que não seja preguiçosa e descubra. Vamos jantar, estou morrendo de fome.

A tal Maria de Lourdes — dona Maria de Lourdes, aliás, que não ia admitir uma garota preta a chamando tão informalmente — tinha quase vinte alunas que se amontoavam em sua sala de estar, ou no quintal dos fundos quando o tempo permitia, e aprendiam um pouco de tudo. Ler e escrever e fazer conta, mas também bordado e costura, como se sentar direito, o jeito certo de segurar uma colher ou de pegar uma xícara pra tomar café.

Pilar trabalhava na casa dela de manhã, de tarde e uma parte da noite também. Limpava a casa, fazia comida, servia merendas e ainda olhava as galinhas que a mulher criava. O salário era baixo, mas a dona cumpriu sua palavra e, depois que as alunas iam embora, sentava sua criadinha na mesa da cozinha (era pedir muito que a deixasse na sala) e ensinava as mesmas coisas tudo de novo.

Mas bem mais rápido, apontou Pilar com orgulho, depois da primeira semana.

— Levo muito menos tempo pra entender. Elas ficam dias quebrando a cabeça, mas eu aprendo em uma hora.

— Minha geniazinha — disse Tereza, um pouco mal-humorada.

Pilar riu, e beliscou sua bochecha.

Na verdade, Tereza estava orgulhosa também, era só que agora elas se viam muito menos. Em vez de passarem os dias lado a lado, tinham aqueles momentos depois de a tarde cair, e às vezes quando já estava escuro. O tempo de um último cigarro e de uma conversa ali fora, só as duas e a quaresmeira de testemunha, antes de jantarem e dormirem.

Mas nem dava pra reclamar, vendo a luz nos olhos de Pilar. E assim Tereza foi obrigada a ouvir muito mais do que um dia quisera sobre educação feminina, costura, boas maneiras, filosofia, como se aquilo servisse pra alguma coisa, e letras, números, somas e divisões.

— Eu já sei — interrompeu ela, irritada, quando Pilar quis ensinar a calcular a distância entre a copa da árvore e o rés do chão.

Não era mentira. Podia não saber a conta, mas sabia que tamanho devia ter, por exemplo, uma escada que fosse dum canto ao outro. Seu irmão era daquele jeito também, podia dizer que tamanho tinham que ter os pés de uma cadeira pra não ficar torta, que espaço deixar entre uma ponta e outra da mesa pro meio não vergar. Quando cortava madeira, olhava com atenção, testa franzida e as sobrancelhas se juntando sobre o nariz, e serrava sem conta nenhuma, sempre certo.

Tereza conseguia fazer igual.

— Sim — concordou Pilar, pacientemente —, mas pra coisas maiores não dá certo. Uma casa, por exemplo. Não dá pra fazer uma casa inteira desse jeito.

— Decerto que dá. O nosso sobrado aqui, ele... bom, ele não construiu inteiro, mas já aumentou bastante e mexeu nas paredes dentro, e tem muita casa na cidade que o pessoal construiu assim. Sem essas coisas.

Pilar não quis teimar. Deu de ombros, delicada, e rebateu:

— Tudo bem, mas é mais fácil se você sabe os cálculos, e é gostoso de aprender. Eu te mostro.

— Obrigado, não precisa.

— Uma moça diz *obrigada*, e precisa sim. E é bom pra eu praticar, quando for ensinar de verdade.

Tereza ainda tentou fugir, mas estava ficando difícil recusar quando Pilar encasquetava. Primeiro porque ela era teimosa como uma mula, e segundo porque tinha um jeito de baixar os olhos, decepcionada, e apertar os lábios num bico amuado quando perdia as discussões, que fazia Tereza ceder quase sempre.

— Tudo bem — suspirou —, mas só uma vez.

Não foi só uma vez.

Elas começaram o que Tereza considerava "brincar de escolinha", e Pilar considerava uma demonstração privilegiada de seu trabalho. Aproveitavam as primeiras horas de sol, antes de começar a lida do dia, ou alguns minutos depois da janta se ainda tivesse claridade. Ou os domingos, quando estavam descansando. Iam para o quintal, sentavam-se sob a sombra florida da quaresmeira e às vezes Tereza acendia o cigarro e ignorava a careta de desagrado de sua professorinha, às vezes fingia que era uma aluna bem-comportada.

Nenhuma das duas tinha papel ou caneta. Nem tinteiros, nem tinta pros tinteiros, nem o mata-borrão pra tinta dos tinteiros. Nem nada. As alunas de dona Lourdes iam pras aulas com pequenas lousas de pedra e gizes pra anotar e fazer tarefas, mas Tereza tinha que usar um graveto e escrever na terra.

Era demorado e irritante. Sua mão não gostava dos movimentos delicados de fazer as letras, seus olhos não queriam se fixar nos desenhos, sua cabeça perdia o fio das palavras no meio e não achava de novo. Mas, quando sua raiva ameaçava subir como leite fervendo e explodir no quintal todo, Pilar a abraçava por trás e segurava seu pulso. Dedos finos conduzindo cada traço. Escrevendo por ela, com ela, o rosto colado no seu.

— Viu como você consegue? — disse, triunfante, quando as duas olharam os nomes no chão.

Tereza, Pilar. Tão perto que cada palavra era um sopro em sua pele, doce como um beijo.

— Minha caligrafia é horrível — murmurou Tereza.

— Não é não. E você tem que ver como aquelas meninas escrevem. Nem dá pra entender.

Tereza não respondeu.

Pensou em pedir ajuda de novo, propor outra palavra. Os nomes de todo mundo pra escrever com a mão de Pilar na sua. Pensou em fazer um coração pra ver se ela ria. Se ia achar bonito.

Capaz de nem acertar desenhar. Nem sempre o graveto curvava direito.

Naquela noite, Tereza demorou pra pegar no sono, ouvindo a respiração da outra ao seu lado e se perguntando se aquilo era normal. Gostar de uma amiga daquele jeito. Querer o sorriso de alguém daquele jeito.

A bênção da quaresmeira

Por um bom tempo, Tereza foi a única vítima daquelas aulas improvisadas.

Então choveu tanto num domingo que não tinha nem como pensar em pôr o pé lá fora. Do nada, o céu fechando como...

Se fosse ser bem sincera, Tereza tinha que admitir que era como uma mensagem.

O dia começara ensolarado, céu claro e limpo, perfeito pra um passeio na cidade, ou mesmo na mata atrás do rio. Até um lanche improvisado no quintal seria agradável, só pela novidade de aproveitar o tempo.

Mas aí chegou uma mensagem da dona Lourdes.

Quem levou foi Jurandir, um dos muitos meninos que passava seu tempo na rua, brincando ou fazendo pequenas tarefas por algumas moedas. Por acaso, filho da Matilda, e tão sem educação quanto a mãe. Veio correndo com um bilhete, enfiou na mão de Pilar sem parar a corrida, e entrou na casa em busca de comida e mais crianças com quem brincar.

— Malcriado — murmurou Tereza, sem rancor.

O dia estava bonito demais pra aquilo.

A mensagem estava escrita numa letra inclinada e cheia de rabisco que Tereza mal conseguiu decifrar, lendo por cima do ombro de Pilar. Era uma convocação sem grandes explicações.

— Ela quer que você trabalhe de domingo? — perguntou, incrédula e indignada.

— Não, diz aqui que quer conversar — rebateu Pilar. — Sobre uma coisa importante pro meu futuro. Será que...

Ela parou, mordeu o lábio.

Tereza esperou pacientemente. Por meio segundo.

— Sim? Será que o quê?

— Ela recebe muita visita. Eu já te contei isso.

Tinha reclamado, na verdade. Era uma gente estranha que ia até lá, homens importantes da cidade, e Pilar era obrigada a interromper o trabalho pra servir chá e café com bolo, e ficar plantada na sala reenchendo xícaras enquanto conversavam. A maioria devia ser os pais das alunas, vez por outra ia alguma mãe também. E uma vez, a mais estranha de todas, o próprio dono do bordel tinha ido.

Naquela ocasião, Pilar serviu o café com mãos trêmulas e se escondeu na cozinha até o sujeito ir embora.

Provavelmente o homem tinha uma filha, as duas concluíram depois. Tinha que ser. Era ridículo que uma senhora respeitável o aceitasse em sua sala e tomasse a garota como aluna e ao mesmo tempo mantivesse Pilar escondida como um segredo, mas era a única explicação possível.

— Contou — disse Tereza, franzindo a testa. — O que tem?

— Outro dia o diretor da Escola Normal visitou. Quem sabe...

Ela não teve coragem de completar. Era um sonho bonito demais, caro demais pra ser dito alto. E não precisava, Tereza adivinhou. Abraçou-a pela cintura, e Pilar retribuiu na hora, como se precisasse de apoio.

— Espero que dê certo — murmurou Tereza, segurando-a com força.

Pilar foi se arrumar, ajeitar a roupa e o cabelo. Tereza ficou ali fora, e só percebeu o céu fechando quando sentiu um arrepio de frio. Então olhou pra cima, surpresa, e um trovão estalou tão de repente que a fez pular de susto. O cinza-escuro tinha engolido todo o azul e a copa da quaresmeira estava balançando, solta num vento que começara sem aviso.

Tereza quase perguntou o que ela queria. O balanço nos galhos parecia um aceno, uma ordem pra entrar em casa logo.

Ela obedeceu, um pouco contrariada, e o mundo veio abaixo assim que fechou a porta. Uma chuva de respeito, como poucas que Tereza já vira.

Pilar ficou inconformada, mas não tinha a menor chance de sair. O quintal virou um pântano embarreado, e num tempo daquele o rio não respeitava a margem; era perigoso demais se arriscar ali por perto.

— Oyá mandou dormir ouvindo a chuva no telhado — comentou Antônio, com um sorriso que só aumentou com os gemidos de contrariedade.

Em resposta, Tereza ameaçou fumar na sala e sufocar todo mundo. Antes que a guerra começasse, Pilar tomou as rédeas da situação.

Se não dava pra sair, então não dava, disse ela, mas iam fazer o dia render. Organizou as crianças num círculo, mandou todo mundo se sentar direito e anunciou que iam brincar de escolinha. Até o coitado do Jurandir, que não tivera tempo de escapar, foi obrigado a participar.

— É melhor mesmo aprender essas coisas bem novinho — explicou a moça. — Tudo é mais fácil quando a gente é criança. Mas dá pra aprender depois de grande, também, vocês vão ver.

Não iam não. Os adultos fugiram todos, cada um com uma desculpa diferente. Até tia Lena, que gostava de novidades, alegou uma súbita dor de cabeça e se escondeu no quarto. Na sala ficou só o bando de crianças. E Tereza, por uma questão de lealdade.

Pilar sabia escolher suas batalhas e não reclamou. Começou a ensinar.

Daquela vez, não usariam gravetos. Alguém tinha deixado a lousa cair lá na casa da professora, e ela herdara um dos cacos maiores, quase uma metade inteira. Inspirada pelo presente, roubara um pedaço de giz que teria ido pro lixo, porque estava quase no final.

Diante das crianças fascinadas, a moça escreveu uma palavra.

Tereza sorriu. Os olhos das duas se encontraram, e sua professorinha sorriu também.

Depois ficou séria de novo.

— Alguém adivinha o que diz aqui?

Ninguém sabia. Um debate acalorado irrompeu, cada um tentando adivinhar. Pilar explicou:

— Cada coisa que desenhei é uma letra, e cada uma tem um som diferente. Se eu dizer, aliás, se eu *disser* que a primeira tem som de T, e a segunda tem som de E, vocês adivinham? O que a gente sabe que começa com Tê?

Jurandir deu uma sugestão malcriada. Tereza, que estava mais perto, deu um cascudo em sua cabeça. Os olhos de Pilar brilharam.

— Errado não está, mas não, eu não escrevi tetas. Alguém mais?

— Terrível — sugeriu Tereza então. — Tempo. Tela. Tecelagem. Borboleta.

— Borboleta não começa com Te.

— Mas tem aí no meio em algum lugar.

Pilar ergueu a mão, fez que ia jogar o giz nela. Tereza soprou um beijo, coisa que decerto ninguém jamais fizera pra dona Lourdes.

No fim, quem acertou foi uma garotinha chamada Taise, a segunda mais nova da leva de crianças. Não só adivinhou o nome como, depois de uma breve reflexão, disse que o seu tinha que começar igual.

— Porque é a mesma coisa. Só que Tá. Não é?

— Exatamente! — confirmou Pilar, com muito mais entusiasmo do que a situação merecia. — Muito mais inteligente que certas pessoas, assim dá gosto ensinar.

A garota até se aprumou, toda presunçosa, e Tereza tomou a liberdade de revirar os olhos. Discretamente, pra não dar mau exemplo.

— Minha mãe também — disse Jurandir então, pra se redimir. — Só que no meio. Ti. Matilda.

— Sim! — afirmou Pilar, sorridente, e elogiou tanto que o moleque ia ficar insuportável pelo resto da vida.

Pela tarde adentro, conduziu uma busca entusiasmada por coisas que começassem com Tê, depois com A, e depois que, além de começarem com A, terminassem do mesmo jeito. Feliz da vida.

Bem mais tarde, quando as duas estavam se recolhendo pra dormir, Pilar se sentou na beira da cama e anunciou:

— Eu gosto de fazer isso.

Tereza riu. Largou a vela em cima da mesinha, de um jeito que mais aumentava as sombras do que jogava luz.

— É mesmo? Não percebi.

Pilar a ignorou. Soltou o cabelo, correndo os dedos pra desmanchar o coque.

— Acho que estou pronta, você não acha?

— Vai dormir vestida mesmo?

— Claro que não. Estou falando da mensagem. Do futuro, dos planos dela. Você acha que estou pronta pra ensinar de verdade?

Largou o cabelo, deixando-o cair numa cascata pelas costas, e começou a brincar com as cordas da blusa, afrouxando a gola num gesto distraído. Tereza teve que se esforçar pra desviar os olhos.

— Pra mim, está mais do que pronta. Vai ser a melhor professora que esta cidade já teve.

Pilar riu baixinho.

— Vem cá, sonsinha.

Tereza foi. Sentou-se ao seu lado, afundando um pouco o colchão, e Pilar envolveu seus ombros, puxando-a pra si.

— Obrigada — disse então.

Uma ênfase leve no último *da*, só pra provocar.

Tereza sorriu.

— Pelo quê?

— Tudo. Acreditar em mim. Ser minha amiga. Me trazer pra cá.

Tereza olhou pra ela.

A vela não fazia quase nada, só um círculo pequeno de luz num quarto envolto em escuridão. Só o suficiente pra que visse os reflexos dourados nos olhos de Pilar, o brilho úmido nos lábios.

— Não precisa agradecer. Por nada disso.

Era só se inclinar um pouco. Ela tinha certeza, certeza *absoluta*, que Pilar sabia no que estava pensando, que já adivinhara. Que estava esperando, até. Bastaria uma inclinação de leve e sua boca encostaria na dela, e aquele carinho todo, aquele calor dentro do peito, escaparia pra iluminar o quarto inteiro.

Faltou coragem.

Tereza se levantou, deu a volta na cama pra se deitar do lado que sempre ocupava.

Pilar sorriu de leve e não disse nada.

Naquela noite, Tereza sonhou que a chuva continuava. Água enchendo o rio e o quintal, transformando a cidade toda numa lagoa imensa, que também ia crescendo até se juntar ao mar.

Não foi um sonho ruim. Pelo contrário. Ela estava de pé na porta, depois no telhado, então nos galhos da quaresmeira, vendo a água subir, primeiro sorrindo, e depois rindo alto. As gotas batendo no rosto, os relâmpagos cortando o céu acima de sua cabeça, e ela ria como se fosse uma criança. Antônio estava brincando com a esposa, tia Lena estava sentada em uma ripa de madeira, dando gritinhos cada vez que uma onda a levantava. Pilar nadava como uma sereia, o cabelo cacheado solto nas costas, as crianças ao redor querendo atenção. Então Tereza sentiu alguém pegar sua mão. Virou o rosto e viu uma menina pequena. Soube na hora que era Aina, só que bem mais nova, como se a idade das duas estivesse trocada e ela fosse a primogênita.

— Você está andando na água? — perguntou, curiosa, quando a irmã ficou de pé.

Aina sorriu, o cabelo molhado grudando na testa.

— Quer andar também?

E Tereza quis explicar que não podia; ela não era escolhida, não era ninguém importante. Não tinha proteção e ia afundar como uma pedra.

Mas Aina estendeu a mão e não esperou resposta:

— Vem. Pega o que você quer. Tudo o que seu coração pede.

— Mas eu posso mesmo? Ela vai cuidar de mim?

Aina não perguntou ela quem. Seu sorriso só aumentou, brilhando como os relâmpagos.

— Vai. A tempestade vai te proteger também.

E a puxou pra fora da copa da árvore, abraçando sua cintura, firmando-a num chão que se movia sob seus pés. Tereza caiu sem medo, a água a abraçando, sustentando-a na superfície, o rostinho de Aina muito perto do seu.

Estava sol quando acordou.

Pilar já tinha saído de casa. Tereza achou que tinha passado muito da hora, que dormira até o meio da tarde, mas, quando abriu a janela direito, percebeu que não. A manhã estava claríssima, quente e prometendo esquentar mais, mas não deviam ser nem seis horas ainda.

Então se levantou, os restos das imagens se dissipando, sumindo da memória como sonhos têm mania de fazer. Arrumou o quarto, ajeitando a cama, batendo a coberta e dobrando-a encostada no peito.

Depois foi pra cozinha ver se tinha café.

O que ia acontecer se Pilar fosse trabalhar na escola? Será que ia morar na cidade? Ou ter uma casa só sua, como dona Lourdes? O salário dava?

Teresa ia visitar todo dia, se aquilo acontecesse. Pensou em ir atrás dela, descobrir já qual seria seu futuro, mas melhor não. Vai que interrompia a conversa.

Mas agora estava agitada, vontade de ficar e de sair ao mesmo tempo. E, percebeu depois de um momento, vontade de falar com a irmã.

Ou com o pai.

O que era engraçado, porque mal se lembrava dele. E o pouco que lembrava provavelmente estava errado, devia estar confundindo com Antônio. As mãos grandes em sua cintura, jogando-a para cima, fazendo-a rir. Sua cabeça num ombro firme. O cheiro impregnado dos charutos a envolvendo como um abraço. O batuque de atabaques, a fumaça. Um vento forte brincando com o cabelo de uma moça, erguendo-o num redemoinho.

Se não soubesse da falta de vocação sagrada, ia pensar que aquilo era algum tipo de chamado. Um aviso, ou a mão estendida. Tereza sabia muito bem que não fazia parte daquele mundo, e mesmo assim era forte demais pra ignorar; era a chuva do dia anterior dentro dela, era o sol lhe dizendo aonde ir. E agora não estava com vontade de ficar dentro de casa, muito menos de ir lavar roupa no rio, e se deixou levar por aquela vontade forte, meio travessa, impulsiva como a água. *Pega o que você quer*, pensou ela, já sem lembrar direito onde tinha ouvido aquilo. As palavras ecoando.

Em vez de pegar a roupa, a menina foi pra marcenaria.

Antônio estava sentado num banquinho de três pernas, martelando alguma coisa. Sem camisa, a pele brilhando de suor. Ergueu as sobrancelhas quando a viu.

Tereza sorriu pra ele. Foi olhar sobre seu ombro no que estava trabalhando e, depois de uma pausa, Antônio retomou o serviço. Tinha prendido um pedaço de madeira entre os joelhos e estava pregando um tampo em cima, e ela sabia sem precisar perguntar que ia ser um banco de encosto, quando ficasse pronto.

A marcenaria era pequena, com obras inacabadas por toda parte. Seu irmão nunca fazia uma coisa só, dizia que se concentrava melhor com três ou quatro em andamento. Pés de cadeira e partes de ferramentas, uma mesa grande já quase pronta, um mancebo com entalhes de flor na madeira escura. Outro banquinho baixo igual ao que ele estava usando. Serragem por toda parte, flutuando, poeira solta nos raios de sol.

Antônio tolerou o silêncio por mais dois minutos, então parou de novo. Encarou-a, esperando.

Tereza disse:

— Quero uma cama maior.

— E veio até aqui pra isso?

Ela deu de ombros.

— Talvez? Só deu vontade de vim. — Então pensou um pouco, lembrou de sua professorinha, e corrigiu: — De vir. Deu vontade de vir.

— Terê, não tenho tempo agora — respondeu ele, ignorando sua gramática —, mas assim que...

— Não, quero fazer. Me ensina.

Ele forçou um sorriso:

— Você não confia mesmo em mim, né? Sei que atrasei com a sua cadeira, mas prometo que vai sair. Logo, logo. Não fica triste comigo.

— Que triste o quê, não é isso. Que bobagem. Eu queria aprender de verdade, e fazer tudo o que você faz.

Seu irmão demorou pra responder. Tinha uma expressão nova no rosto dele: cansaço e tristeza por trás do sorriso acolhedor.

Dessa vez ele não gritou. Dessa vez só deixou passar um tempo longo, então disse, a voz murcha:

— Não é trabalho de moça, Terê.

— Eu sei. Mas, se eu fazer... se eu fizer, vai ser, porque vai ser uma moça fazendo. E daí vai ser meu trabalho.

Antônio baixou os olhos pro martelo.

Com ele naquela posição curvada, dava pra ver bem as cicatrizes nas suas costas. Tereza estava tão acostumada que às vezes esquecia. Aqueles riscos perdiam o significado, eram só marcas na pele. Agora ela lembrou que cada um era um golpe de chibata, e seu coração se encolheu.

— Mas quero te dar uma vida mais confortável — disse ele, e nem tinha erguido o rosto ainda. — Pra vocês todas. Custou tão caro, sabe, ter a família em casa. Como que vou te pôr pra bater martelo? Não foi pra isso que o pai e a Aina... — Ele se calou.

Tereza esperou, sabendo que não ia ouvir nada. Tinha coisas que não se dizia. Não passavam da garganta. A velha Matilda não falava do marido, tia Lena não falava da infância, Pilar não falava do bordel. Antônio não falava da família.

Doía demais.

— O que o pai ia dizer? — murmurou ele, ainda olhando o martelo nas mãos, e Tereza segurou seu ombro marcado, fez um carinho no braço musculoso e ofereceu um sorriso trêmulo, muito frágil.

— Que já não era sem tempo? Que essa moça leva muito mais jeito que esse seu filho?

Antônio hesitou, olhando bem seu rosto. Procurando, talvez, uma acusação.

Ela insistiu:

— O pai ia me querer feliz. Aina também. E iam te querer com uma ajuda decente, em vez do moleque que nem tá mais aqui. Olha bem no meu olho e fala que a Aina ia me mandar ficar em casa, enquanto você trabalha sozinho.

Aquilo fez Antônio sorrir de volta. Devagar, uma coisa que desabrochou aos poucos.

— Bom... não era muito o jeito dela.

— Viu só?

— E meu filho fugiu mesmo tem mais de uma hora, isso não nego.

— Prometo que fico o dia todo.

O sorriso dele aumentou. Antônio apontou com o queixo pra um punhado de peças recém-cortadas, e Tereza foi até lá. Puxou um banquinho e se acomodou.

— Por onde começo?

Ele foi até ela, descansou as mãos em seus ombros, como se os dois fossem um quadro antigo, apertou de leve numa massagem distraída.

Então puxou uma mecha de seu cabelo.

— Você vai ficar com mão de homem. Toda lascada.

— E já não tenho? Bater roupa na pedra lasca do mesmo jeito.

— Depois não reclama quando não arrumar marido porque ninguém quer uma moça marceneira. Pega aquele pedaço ali, eu te mostro como medir pra fazer o pé.

Tereza riu, e ele acabou rindo também. Um som que encheu a marcenaria, brilhando no ar como a serragem cor de ouro.

No final da tarde, Tereza não estava mais sentindo os braços.

Tinha se arrastado de volta pra casa com dor no corpo inteiro, e mais feliz do que nunca. Estava sentada perto da quaresmeira, o cigarro de palha entre os dedos e os olhos na copa florida, esperando.

Cada vez que erguia a mão pra pôr o cigarro na boca, tinha que prender um gemido. E uma risada, de tão ridícula que era a situação. Antônio informara, um pouco alegre demais pro seu gosto, que aquilo passava com o tempo, mas que, em compensação, ia ficar com braço de homem também.

Tereza não estava preocupada. Só se perguntando, sem motivo especial, se Pilar gostaria da novidade.

A chance de descobrir veio logo, quando sua amiga apareceu no portão e foi encontrá-la antes de entrar em casa.

Tinha se arrumado, o cabelo impecável preso na rede, o vestido longo fechado no pescoço. Até luvas estava usando; devia ter pegado emprestado de tia Lena.

A primeira coisa que Tereza pensou foi em como ela estava bonita.

A segunda foi que parecia diferente. O sorriso forçado, o rosto meio virado pra evitar seus olhos.

— Um dia vou te dar um isqueiro de presente — disse Pilar, torcendo o nariz pro cigarro. — Um de prata, com gravação e tudo. Vai estar escrito "essa coisa fede".

— No fundo você gosta.

— Te garanto que não gosto.

Ela se deixou cair ao seu lado. Inclinou a cabeça pra trás, encarando a quaresmeira, vendo o bailado das borboletas. O rosto fechado, duro como uma estátua.

Antes que Tereza achasse coragem de perguntar, Pilar disse:

— Falei com dona Lourdes.

Não acrescentou mais nada. Ficou em silêncio por tanto tempo que Tereza apagou o cigarro no chão e se virou inteira pra ela.

E esperou.

Pilar puxou o fôlego, então. Falou sem olhar, sem entonação:

— Ela disse que algumas pessoas... essas visitas dela, alguns deles, se interessaram por mim. Que eu poderia me dividir, em vez de ir a semana toda na casa dela, trabalhar pra mais gente. Ela indica onde e em troca pega parte do dinheiro.

Era uma sensação estranha, aquela. Fazia tanto tempo que Tereza não esperava por nada, que não lembrava mais como era se decepcionar. Nem tinha percebido como desejara uma boa notícia.

Pega o que você quer, pensou ela.

Pois bem.

— Isso é besteira — disse com cuidado, tateando um pouco —, mas se conversar direito as coisas vão até mais rápido. Se você falar que prefere ajudar na escola, não ficar limpando casa, negociar...

Pilar virou pra ela, os olhos queimando, tão bruscamente que Tereza se calou. O rosto da amiga estava duro como nunca tinha visto, mas então se suavizou, tristeza tomando o lugar daquela rigidez.

— Você é tão inocente. Não é pra limpar a casa.

— Mas você disse...

— Tereza. Presta atenção. Não é pra limpar nada. São homens que já me conheciam, ou que ouviram falar de mim, é outro serviço bem diferente que eles querem.

Ela só não é honesta o bastante pra admitir. Assim pode dizer que está me ajudando a arrumar trabalho e fingir que não sabe de mais nada. Imagino que eu não seja a primeira. Nem a única. De repente é o que faz com as meninas mais pobres que não passam no teste da escola. — Pilar fez uma pausa, tomando ar. Seus olhos estavam se enchendo de água. — E é claro que tentei conversar. Também achei que estava entendendo errado, eu disse que gostaria de ser professora, tudo que você já sabe. Ela ficou tão espantada. Perguntou se eu estava brincando. Disse que nenhum pai decente ia pôr a filha pra aprender com uma garota de bordel. Perguntei como que limpar a casa era tão diferente assim. Ela disse pra não me fazer de sonsa, então perguntei se ela queria mesmo que eu fosse trabalhar pro meu senhor de antes. Se ele explicou direitinho que tipo de limpeza era pra eu fazer.

Tereza quis falar, mas nenhum som saiu. Seus olhos muito abertos, a boca aberta num "o" indignado. Pilar forçou um sorriso.

— E daí ela disse pra não desrespeitar as visitas, acredita?

— Eu vou lá — disse Tereza, levantando-se. — Isso não vai ficar assim, ela não tem esse direito!

Num segundo Pilar estava de pé também, segurando seu braço.

— Não, não vai. Você não vai puxar briga com ninguém. Ela é importante na cidade, e os clientes também são. E é bem fácil negar tudo e dizer que estou louca.

— Mas isso não é justo!

— Não importa. Eu devia ter imaginado que uma senhora de respeito nunca ia me pôr pra dentro assim a troco de nada, fui muito estúpida acreditando que teria alguma chance.

Acreditando em você, ela não disse, mas estava em seus olhos, no tremor da voz, nos dedos gelados prendendo seu pulso. Segurou-a mais um momento, até ter certeza de que Tereza não ia fazer bobagem. Então soltou e voltou pra dentro, deixando-a ali, atordoada demais pra segui-la.

Naquela noite, Pilar não desceu pro jantar, e já tinha se deitado quando Tereza foi pro quarto. Não disse nada enquanto ela se despia e assoprava a vela.

Tereza também não.

A raiva que estava sentindo era nova, desconhecida. Quente e fria ao mesmo tempo, tão profunda que gritar não ia ajudar.

Nada fazia sentido. Tivera sua chance na marcenaria mais cedo, conversando com o irmão de coração aberto, pela primeira vez. Tivera um lindo sonho com a chuva e uma vontade inexplicável, inesperada, de fazer pra si mesma uma cama de casal, e, no dia anterior, aquela tempestade tinha sido um sinal, não tinha? Um jeito de manter Pilar em casa, em vez de ir encontrar a velha professora? Tinha sido tão fácil acreditar que havia alguma coisa maior, uma força cuidando dela. Aina, talvez. O espírito de sua irmã.

Se existia mesmo alguma coisa olhando por elas, o que diacho estava fazendo, com aquelas proteções que não protegiam, aqueles sinais sem sentido? Era só crueldade, uma ilusão de que a vida podia ser um pouco mais fácil. Mais bonita. De que Tereza podia não ser escolhida, mas era amada assim mesmo.

De repente era mesmo só besteira, tudo uma grande coincidência. Não era de se admirar que Antônio não fizesse mais questão da fé. Não era de se admirar que ninguém acreditasse mais em nada.

Nenhuma das duas estava dormindo. Tereza podia ouvir Pilar controlando a respiração e os movimentos, silenciosa ao seu lado. Ouviu também quando ela começou a chorar, baixinho como o vento lá fora.

Então Tereza se levantou. Saiu sem dizer nada, fechou a porta com cuidado. Era sua casa; ela sabia onde pisar pra escada não fazer barulho, sabia como se mover no assoalho de madeira. E todo mundo já estava dormindo, não dava pra ver luz nenhuma, ninguém ia perturbar, nem oferecer consolo.

Ela saiu pelos fundos, e então estava sozinha na noite clara, a lua dourada minguando no céu escuro. Atravessou o quintal sem cuidado, os pés descalços no chão úmido de orvalho. Chegou até a quaresmeira. A árvore de Aina.

— Eu não entendo — murmurou, ou talvez estivesse só pensando, e a árvore que se virasse pra adivinhar. — O que você quer? O que está fazendo?

A ideia era xingar um pouco, começar uma briga. Pra Tereza, era sempre mais fácil sentir raiva, mas, uma vez que estava ali, alguma coisa estava mudando. Parte da ira derretendo, virando uma tristeza tão enorme que ela sentiu os olhos ardendo. Uma vontade de não dizer nada, nenhuma acusação. Só chorar, como se fosse o colo do pai que tinha perdido, da mãe que nem conhecera.

Então Tereza se sentou no chão, o corpo encostado no tronco, sentindo a casca áspera no rosto, parte do quintal, da planta, de um mundo mágico inalcançável. Filha da árvore.

— Você existe mesmo? — sussurrou. — Tem alguma coisa aí? Agora estou pedindo. Por favor. Não quero muito, só uma ajuda. Só um sinal de que alguém se importa. Por favor.

O único sinal ia ser o resfriado que ia pegar, sentada no chão frio. Tereza pensou em se levantar, voltar pra dentro. Pelo menos ficar na sala, em vez de subir.

Ou podia largar de covardia e ir consolar a amiga. Engolir a decepção, ver o que fazer a partir dali.

Ela continuou onde estava. Sem saber direito se a água no rosto era sereno, ou se estava chorando. Um vento leve soprou na copa da árvore, e o roçar das folhas parecia uma resposta, um murmúrio reconfortante. Sua alma foi se aquietando, como uma criança no colo da mãe. A cabeça em seu peito. *Calma*, pensou ela. O importante é ter calma. Tudo tem jeito. Pilar estava magoada, ela também. Paciência. Iam engolir a ofensa e seguir em frente, só isso. Só seguir.

Então viu uma luz na janela da sala.

Que coisa estranha.

Era forte demais pra ser uma vela, parecia uma lareira. Não, era mais forte ainda. Já ouvira falar de iluminação a gás, parecia algo assim. E, pela janela, podia ver...

Devia ser um sonho. Ela se acomodou melhor, assistindo uma família. Duas mulheres, uma criança que parecia muito com Aina pequena, do jeito que Tereza a imaginava. E consigo mesma, quando era bem menor.

Só isso. Uma garotinha, brincando com duas mulheres. E um senso de que alguém estava falando, talvez no vento, talvez dentro de sua cabeça. *Confia em mim. Vão ter outras. Ela é a primeira, e você também é. Um começo. A tempestade vai te proteger.*

Tereza nunca ia saber em que momento a imagem se desmanchou, quando seu coração parou de bater forte, em que horas pegou no sono. Abriu os olhos de novo pra ver o dia claro, um sol recém-nascido esquentando o chão, e a porta da cozinha se abrindo.

Pilar saiu.

Parou ali no umbral por um momento. Bonita e elegante no mesmo vestido de sempre, seu rosto severo muito sério, os olhos fundos como se não tivesse dormido.

Então ela a viu e foi até a árvore.

— Passou a noite aqui fora?

— Acho que sim — disse Tereza.

Ela esfregou os olhos, tentou se endireitar. Tudo estava doendo: os braços do esforço de ontem e as costas de passar horas encolhida.

Pilar hesitou.

— Eu não te deixei dormir?

— Não, eu é que precisava pensar. E achei melhor sair.

Pilar mordeu o lábio, considerando.

Então analisou o chão com cuidado, talvez pra ver se estava úmido ainda, mas o orvalho já secara. Sentou-se ao seu lado, ajeitando a barra do vestido pra cobrir os tornozelos.

— Você podia dormir mais um pouco — ofereceu Tereza, após um momento. — Descansar direito.

— Já estou descansada, obrigada. Tenho um caminho longo pra percorrer hoje, é melhor começar cedo.

Não estava olhando pra ela.

Tereza sentiu um frio por dentro.

— Como assim? Que caminho? Você não vai voltar lá, vai?

— Não. Até porque não preciso da ajuda dela pra isso, posso muito bem arrumar freguês sozinha. Mas agora entendi que nesta cidade todo mundo já me conhece, e nunca vão me ver de outro jeito, e não vou voltar pra esse trabalho. Não é isso que eu quero ser.

— Sim — disse Tereza, aliviada —, mas não se preocupe, isso vai passar logo, é só aquela velha que...

— Vou embora — interrompeu ela. — Vou sair daqui. Só queria me despedir de você.

Tereza perdeu a fala.

Pilar apertou os lábios por um momento, então falou de repente, como se estivesse só continuando uma briga que já tinha começado havia horas:

— Não vou viver de favor, não vou ficar aqui às suas custas, deixando sua família me sustentar. Não vou ser uma encostada. Não me peça isso.

— Mas não é de favor — protestou Tereza, e sua voz parecia vir de muito longe, como se fosse outra pessoa falando. — Você mora aqui. Comigo.

— Não quero sua caridade — cortou ela e fez menção de se levantar, mas Tereza tinha que impedi-la de qualquer jeito.

Energia correu por suas veias como se fosse um relâmpago, e ela se ergueu primeiro e se sentou sobre as pernas de Pilar, um joelho de cada lado, prendendo-a no chão. Segurou seu rosto entre as mãos.

Pilar segurou seus ombros, indignada, mas não a empurrou, e Tereza disse antes que ela falasse, e na sua cabeça tinha a voz da tempestade ecoando, *pede o que você quer, fala o que você quer, não o que você acha que ela quer ouvir*. E ia ser mais sensato sacudir Pilar e explicar que ainda podia trabalhar em outra coisa, que pra viver em qualquer lugar teria que engolir insultos, que aquilo não era o fim do mundo que ela estava pensando que era, que pra tudo se dava jeito, sim, mas não foi isso que saiu.

O que saiu foi:

— Não é caridade! Você não quer ir embora, eu sei que não quer, e não pode me deixar assim por orgulho, só porque aquela bruxa te ofendeu, o seu lugar é aqui! Do meu lado, comigo, na nossa casa!

— *Sua* casa — rebateu Pilar —, sua casa, sua família, você me acolheu porque não tenho ninguém, e...

— Tem eu! Eu não sou ninguém?

O tremor em sua voz, o vacilo, talvez, a súplica que ela não conseguiu esconder, fez Pilar hesitar. Tereza segurou com força aquele rosto bonito, com vontade de gritar, ou de chorar como uma criança.

— Achou mesmo que era só caridade? Nós não somos amigas?

Os olhos de Pilar marejaram de repente, arregalados, como se a pergunta fosse um golpe.

— Somos, mas você tem tudo — gaguejou ela. — E todo mundo me recebeu tão bem, e eu não...

— Não, você não vai falar da minha família agora, quero saber de mim! Você e eu, Pilar, você não gosta de mim?

Foi na minha cama que você dormiu, ela pensou, *é no meu ombro que você se deita, o meu braço que quis segurar, foi meu nome que você escreveu primeiro, não o dessa velha malvada, nem desses homens que querem o que eu tenho. O que só eu posso ter.* E Tereza não era capaz de dizer nada daquilo, não ainda, não agora, mas estava em seus olhos e em cada traço de seu rosto, estava no aperto das mãos contra as faces macias daquela moça desconfiada, e ela não podia deixá-la partir. Não assim. Nunca.

Seus olhos estavam transbordando.

— Por favor. Fica comigo. Me escolhe. Nunca pedi isso pra ninguém.

Um soluço escapou da boca de Pilar. Ela jogou os braços ao redor de Tereza, puxou-a pra mais perto, o rosto colado no seu.

— E você vai me sustentar, sua cabeça-dura? Esse é seu grande plano?

Tereza tentou abraçá-la de volta. Uma coisa torta, desconfortável com as costas dela encostadas no tronco da quaresmeira, mas não importava.

— Vou. Vou sim. Você fica em casa, ou vai lavar a roupa, nem te falei da marcenaria ainda, não importa, a gente pode, Pilar. Eu posso. Vou construir uma escola inteira pra você. Fala que não vai embora. Por favor, eu te amo tanto.

Tereza sentiu o tremor nos braços dela, o medo de acreditar de novo, de ter um pouco de fé. Então um sussurro:

— Eu também te amo. Você sabe disso. Não sabe? Você já tinha que saber.

Tereza deixou a cabeça pender no ombro dela. Sentiu a mão sempre delicada em sua nuca, um carinho entre os fios de seu cabelo, misturado com o vento, com um perfume inesperado das flores.

Por fim, ergueu o rosto. Deixou os braços caírem ao lado do corpo, ainda sentada sobre as pernas de Pilar, ainda tão perto dela que podia contar seus cílios, que podia só se inclinar, se quisesse, pra...

Tão perto que viu sua expressão mudar. A mesma vontade e o mesmo amor refletido sem surpresa, a mão dela em seu rosto, e Tereza ainda não sabia o que pensar, nem o que dizer, mas o corpo inteiro estava pedindo alguma coisa.

Ela se inclinou de leve, quase nada. Deu um beijo rápido nos lábios abertos de sua amiga.

Então se afastou. Uma brincadeira entre moças. Nada além daquilo.

Seus olhos cravados nos dela.

Pilar nem piscava, o rosto aberto, mais vulnerável do que Tereza jamais vira antes. Então lambeu o lábio de leve, talvez até sem perceber, e o ar entre as duas se acendeu como se pegasse fogo.

— Bom dia — cumprimentou a voz gelada. — Me avisa quando as madames acabarem com essa bobagem.

Tereza se afastou num salto, tão desastrada que quase rolou no chão.

Ergueu o rosto pra sua cliente favorita.

Matilda não tinha um saco de roupas daquela vez. Em compensação, estava segurando o filho pela mão como se ele fosse escapar. E provavelmente era a intenção inicial, mas naquele momento o menino estava olhando as duas meio escondido atrás do corpo da mãe, fascinado.

— Duas moças desse tamanho — continuou a mulher, torcendo o nariz. — O que os vizinhos vão dizer?

— Escuta aqui — começou Tereza, indignada, mas Pilar interveio, segurando seu pulso num toque trêmulo.

— A gente não estava brigando, dona Matilda. Só conversando. A senhora queria alguma coisa?

Claramente queria incomodar, mas o respeito da moça a desarmou, e ela respondeu, fungando um pouco:

— Sim. Vim procurar a professora.

Uma pausa. O mundo suspenso num fio bem frágil. O rosto de Tereza esquentando, esquentando.

Antes que explodisse, Pilar suspirou baixinho. Sempre elegante, sempre educada, sua voz sempre cordial.

— É só descer a rua e passar a próxima quadra. Ela mora na terceira casa virando a esquina, não tem como...

— Não seja petulante, mocinha. Vai ser aqui fora, ou lá dentro? Mais importante, quanto custa essa aula? Ele não fala de outra coisa desde anteontem.

Jurandir tentou se esconder de novo, mas a mãe o puxou com tanta força que quase arrancou seu braço. Então o menino baixou a cabeça, encolhendo-se como uma tartaruga tentando entrar no casco.

Pilar olhou de um pro outro.

Devagar, ela se levantou, apoiando a mão delicada no ombro de Tereza.

Devagar, estendeu a mão ao menino, esperou que ele pegasse. E devagar disse, seu tom frágil como se testasse cada palavra antes de falar, vendo se iam firmar:

— Talvez aqui mesmo, está um dia bonito. Mas daqui a pouco. Não sei nem se as crianças já acordaram, eu... preciso me preparar, não sei se...

— Vai — disse Tereza, erguendo-se imediatamente. — Põe o menino pra dentro, eu caço os outros e arrumo sua aula. Pode ir.

Pilar hesitou. Então fez que sim.

E, devagar como o primeiro brilho do sol nascendo, ela sorriu. Seus olhos cintilando. Entrou com Jurandir, e Tereza se viu ali fora com a mãe do garoto.

— É uma bobagem — murmurou a mulher.

— O quê?

— Uma escola assim. Só pra criançada preta. Nunca se viu isso. Eu acho... e ela nem falou o preço...

Sua voz foi sumindo, como se nem ela estivesse ouvindo. Os olhos na porta entreaberta.

Tereza sorriu de repente.

Esfregou o rosto, limpando qualquer rastro de lágrimas. Pensou num beijo roubado. Na luz acendendo os olhos da amiga. E disse:

— Entra um pouco.

— De jeito nenhum — retrucou Matilda, desconfiada de pronto. — Sou velha demais pra essas coisas.

— Não pra ver a aula. Só pra descansar. E quem sabe assistir um pouquinho?

A mulher a mediu, estreitando os olhos, e Tereza fez um gesto indicando a porta, com uma cortesia que nunca tinha mostrado em toda sua vida. Sua voz perfeitamente doce, quando completou:

— Faço questão, dona Matilda. Vou passar um café tão fresquinho que nem a senhora vai ter do que se queixar.

Naquela noite, as duas foram se sentar lá fora depois do jantar.

Tereza acendeu o cigarro. Pilar balançou a cabeça, mas não reclamou. Só fez um gesto elegante com o pulso pra espalhar a fumaça.

— Pensei o seguinte — anunciou. — Se eu, não todo dia, mas algumas vezes por semana, juntar as crianças e ensinar mesmo alguma coisa. Já ajuda se cuidar delas, você não acha? As maiorzinhas todas trabalham, então não pode ser o dia todo, e as pequenas podem ficar comigo se as mães têm que trabalhar, e eu... — Ela parou, puxou o fôlego. Então sorriu. — Deixa eu começar de novo.

— Por favor.

— Psiu. Então, se juntar as crianças umas três ou quatro vezes por semana, pra ensinar pelo menos as primeiras letras. Ia ocupar o quintal ou a sala, dependendo do tempo. Sua tia e seu irmão iam ficar bravos comigo?

Se ficarem, pensou Tereza, *problema deles*, mas Pilar não ia aprovar essa resposta. Ela soltou a fumaça do cigarro, depois disse:

— Se fosse pra reclamar, já teriam reclamado. E Antônio vai ficar tão feliz com minha ajuda na marcenaria que não vai pensar em mais nada.

Ela tinha contado a novidade durante a tarde, pra surpresa e um deleite inesperado da amiga. Pilar a abraçara, e o calor do abraço ainda continuava em seus ombros, mesmo tantas horas depois.

— Quem sabe dá certo — disse Pilar, ajeitando-se melhor no chão, suas costas apoiadas no tronco da quaresmeira. — Vai ser uma coisa pequena. Talvez nem dê em nada.

— Talvez — concordou Tereza —, mas talvez seja o começo. Você ensina no quintal, e uma aluna sua vai entrar na Escola Normal. E uma aluna dela vai pra universidade. E assim por diante. E daqui a muitos anos uma moça preta vai ser doutora, ou escritora. Ou jornalista. E, quando procurar coisa pra pôr lá no jornal dela, vai ver que, primeiro de tudo isso, uma menina inteligente decidiu ser professora.

— Sonhadora — repreendeu Pilar, mas sua voz estava doce, cheia de carinho.

Ela deitou a cabeça no ombro de Tereza, o braço encostando no seu.

Em sinal de respeito, Tereza apagou o cigarro. Guardou o resto pra depois e disse:

A bênção da quaresmeira

— E, enquanto essa gente toda não nasce, vou fazer uma cama maior.

— Vai, é?

— Sim. Durmo com medo de você rolar pro lado e cair, e isso vai resolver, mas, se você prefere duas, em vez de uma grande, tudo bem, posso fazer outra separada, não tem problema, só achei que...

A risada de Pilar, baixinha e satisfeita, fez Tereza se calar. Pilar virou o rosto, sem erguer a cabeça de seu ombro.

Dessa vez, Tereza não pensou muito. Estava escuro, não tinha mais ninguém por perto. Era tão pouco espaço entre as duas que foi fácil se inclinar o tanto que faltava, deixar as bocas se encostarem num beijo macio, silencioso.

Pilar ergueu a mão, segurando sua nuca, e Tereza a abraçou, envolvendo as costas finas. Estavam tão imersas uma na outra que não ouviram o vento na copa da quaresmeira. Nem notaram a chuva de flores roxas, cercando-as sem ruído como um abraço de mãe.

Eu, feita de tudo e nada

Karine Ribeiro

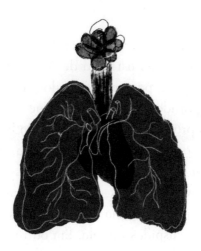

Meus pulmões eram feitos de água.

Mas nem sempre foi assim. Antes, quando fluíam das pontas dos meus dedos em torrentes milagrosas, as palavras eram feitas de ar. De fogo. De terra e vida. Do sopro da alma. E assim construí a carreira que então me obrigava a me isolar dentro daquelas paredes.

Agora, meu fôlego era líquido, e as palavras também.

As mesmas paredes que antes pareciam tão sólidas, o mesmo piso de madeira antes tão firme sob meus pés. Fluidos. Manantes. Leves.

Água, o começo e o fim da história que nasci para contar.

A minha história.

Fechei os olhos, e a casa me inundou.

— E se eu nunca mais conseguir escrever?

Em resposta, ouvi a risada de Alice do outro lado da linha. Suspirei, passando os dedos pelas teclas gastas do computador. Um guerreiro que chiava alto ao ser ligado e progredia para um zumbido baixo que me acompanhava durante o turno de escrita. Às vezes engasgava, por mais que os programas fossem leves. As palavras travavam antes de aparecer em dois, três, quatro parágrafos de uma só vez, como se por feitiço tivessem sido cuspidas na tela. Em outras, eu torcia o nariz para o cheiro de queimado e me apressava para desligar tudo antes que um incêndio começasse. Mas, ainda que os programas fossem interrompidos às pressas, a última palavra sempre era salva, os pensamentos anotados esperando pela volta da deusa que os parira. E eu sabia que o computador era parte daquela magia.

Mas mesmo a mais poderosa das magias se desgasta. Fazia um tempo que a minha esvanecera, e nem mesmo aquelas teclas familiares conseguiam trazê-la de volta.

— Naira, que bobagem — dizia Alice entre risadas. Afastei o celular da orelha por um instante. — Não existe isso. Não pra alguém como você. O que você tem é talento, e talento não se perde assim.

Outro suspiro. Eu sabia que ela não entenderia. Quinze anos de parceria, mas havia coisas que uma escritora não podia confidenciar a ninguém. Nem à sua agente.

— Não funciona como funcionava antes. Não sei... — Tirei os olhos da zombaria da tela em branco. Ao redor, as paredes claras do apartamento, o tiquetaquear do relógio, os sons do trânsito na rua lá embaixo. — Talvez eu precise mudar de ares.

— Ótima ideia! Você passa muito tempo sozinha aí. Por que não vem tomar um café comigo? Tô livre na sexta, e você? Olha, a gente pode até tentar resolver aquele furo do seu *plot*. Você sabe que sou mais útil pessoalmente. Sou muito à moda antiga.

— Na verdade, pensei em ficar sozinha. Por um tempo.

Foi a vez de Alice suspirar.

— Naira. De novo?

— Uns dois dias só. Talvez três. Se bem que quatro...

— Naira.

— Cinco é melhor, acho. Menos pressão. Um pouquinho por dia, acho que consigo.

— Eu preferia que você ficasse por perto.

— Nem falei pra onde vou. — Mas alguns cliques haviam revelado a página de um site de compras de passagens aéreas. — Na verdade, *não sei para onde vou. Ainda. Para longe.*

— Você lembra quando fez isso antes...

Para bem longe.

— Vai ser diferente.

Não seria. Sou feita de isolamento. De solidão. E, por mais que eu insista, é só no silêncio que eles, os personagens, crescem. É só no silêncio que uma obra nova nasce, como se as palavras só fossem ser sussurradas quando eu e minha alma pudéssemos ouvir sem interrupções. Não era meu primeiro bloqueio, e eu duvidava de que fosse ser o último.

— Não conseguimos contato nenhum com você. Achei que você tinha morrido. Sério.

Para bem longe daqui, antes que eu surte. Antes que não consiga mais escrever. Nem uma palavra sequer. Como agora. E se continuar assim, o que vou fazer?

— Não vou sumir. — Três cliques rápidos e uma notificação do banco no celular. A passagem estava comprada antes dos quinze segundos que Alice passou reclamando. — Não vou sumir. Desta vez eu prometo.

— Da outra vez...

— Da outra vez, não prometi. Agora é uma promessa. Te mando mensagem quando chegar lá e mando um capítulo novo toda manhã. Combinado? Ou faço assim, ou não termino a tempo, juro. Já vimos essa novela antes, não foi?

O breve silêncio de Alice demonstrou o que ela já sabia: de nada adiantava discutir comigo. Não se ela quisesse o livro novo pronto até o fim do mês. Mais do que aquilo, *eu* queria o livro pronto até o fim do mês.

Eu sempre conseguia o que queria. Naquele momento, quando a história era a *minha* história, não seria diferente.

— Combinadas então — concordou Alice. — Mas, se você não der notícias, vou em qualquer fim de mundo te buscar, está ouvindo?

Havia um calor na casa. Algo que mais tarde eu descreveria como acolhimento. A mala que eu carregava, leve com as poucas mudas de roupa e itens básicos de sobrevivência — além do notebook que só era tirado da gaveta em viagens —, pareceu perder o pouco peso quando desci do táxi. Bastou um olhar para saber por que, de tantas casas para alugar, aquele sobrado às margens da cidade tinha me chamado tanta atenção.

— Não tem muita coisa por aqui, viu, moça? — a taxista estava dizendo. — Se precisar de algo, é melhor chegar na cidade de carro. Muito ermo por aqui.

De pé ao lado do carro, observei o rosto dela. Jovem. De uma beleza que não passava despercebida. Certamente não passou aos meus olhos. Não devia ter mais de 30 e poucos anos. Engraçado, não tinha se prestado a dizer mais que um bom-dia durante a viagem de duas horas do aeroporto até ali, e do nada despejou as palavras como se tivesse que dizê-las num só fôlego, ou não teriam efeito. Parecia o conselho que eu, com vinte anos a mais que ela, deveria dar. Ou pelo menos era assim que acontecia nas minhas histórias. Nelas, os conselhos vinham de todas as partes, mas a sabedoria era sempre dos mais velhos.

Mas o mundo real nem sempre tem as pinceladas e as cores da ficção.

— A rede de celular também não pega muito bem, talvez no andar de cima você consiga um sinal melhor.

— Não vou ficar muito tempo — respondi, embora não quisesse dar muitos detalhes. Nem as poucas pessoas próximas a mim sabiam onde eu estava, nem para quê. Se eu pudesse, não teria contado nem a Alice. Sumiria no mundo, e eles teriam sorte se eu voltasse algum dia.

— Você tem um cartão? Vou precisar de uma corrida de volta à capital em uma semana ou algo assim.

A passagem de volta não estava comprada. A pessoa com quem negociei on-line — a foto de perfil mostrava uma mulher negra retinta de pele brilhante, com um sorriso enorme (outro ponto que me fez decidir) — dissera que a locação poderia ser estendida, se preciso. Eu teria o silêncio, teria a solidão. Mas quanto tempo levaria para os personagens falarem comigo era outra história.

O cartão era branco, minimalista. O primeiro nome da taxista, um arroba de Instagram e um número de celular em fonte preta elegante.

— Como falei, o sinal é ruim, a internet pior ainda — explicava Iara, segundo o nome no cartão. — Mas nem precisa completar a ligação. Se tocar, vou saber que é você e dou uma passada por aqui.

Ergui a sobrancelha. Era outono; o vento que soprava frio nas árvores peladas me fez segurar o casaco fechado com uma das mãos, a mala firme com a outra.

— Você não tem muitos clientes, né? — perguntei.

Iara já estava erguendo os vidros do carro, a outra mão no volante. Mas os olhos estavam presos nos meus, cheios de um conhecimento que a gente só vê nos olhos de gente mais velha do interior...

— De fora, nenhum. Ninguém vem aqui neste fim de mundo. Só uma escritora mesmo pra procurar um lugar assim.

— Eu nunca disse que era escritora.

Minha resposta foi rápida, mas a dela mais rápida ainda; tanto que só mais tarde eu me pegaria analisando como os olhos dela se voltaram para cima por um breve instante, como se procurasse as palavras certas.

— E nem precisava dizer, tem coisas que a gente sabe e pronto. — E então os olhos dela estavam de volta nos meus. — Sente, né? Se bem que acho que já vi seu rosto por aí. Enfim, dá uma ligada se precisar de alguma coisa. Como eu disse, no segundo andar o sinal pega melhor. Tchau.

Sentindo ou não, talvez ela tivesse mesmo me reconhecido, ainda que de uma lembrança distante. Naqueles dias, uma escritora best-seller chamava atenção suficiente para ter o rosto estampado por todo lado na comunidade leitora nas redes sociais. Às vezes, aquelas fotos, vídeos de entrevistas e conteúdo promocional furavam a bolha e se espalhavam para o grande público. Ainda mais uma escritora negra. Fosse ao lado de comentários positivos ou do mais puro ódio, meu rosto sempre acompanhava as notícias dos meus livros, que eram infinitamente mais famosos que eu.

Graças a Deus.

Enquanto o carro sumia na esquina, me aproximei do portão e chamei uma vez antes de me lembrar das instruções que tinha recebido por e-mail da anfitriã. Como informado, bastou forçar um pouquinho o portão de metal um tanto enferrujado; e, por mais que as rodinhas agarrassem nas irregularidades do terreno, a mala pareceu ficar ainda mais leve assim que pisei na entradinha de pedras batidas.

As chaves da casa estavam onde o e-mail tinha dito que estariam: em um envelope imaculadamente branco aos pés da árvore na parte da frente do quintal. Uma abria a porta da frente, a outra era a chave-mestra que abria todas as portas da casa. Uma terceira, maior, mais pesada e de aparência mais antiga, era do portão. Mas decidi que não o trancaria. Não ainda. Só se fosse necessário.

O acesso à casa veio ainda com um bilhete de boas-vindas:

Naira,
pra quem sabe ouvir, a casa conta seus mais sinceros segredos. Tenha uma ótima estada e encontre a paz de que precisa.
Iara.

Na primeira vez que me isolei, o livro saiu de mim como um parto. Em vez de nove meses, gestei a ideia por uma década. Uma década de murmúrios na cabeça, de sonhos desconexos mostrando fragmentos de cenas, de diálogos, de rostos que nunca se completavam. Eu sabia que a história existia dentro de mim, completa e perfeita. Eu sabia que nem uma vírgula precisaria ser trocada de lugar durante a minha leitura antes de enviar o arquivo à editora. Com Alice, a coisa era diferente. Ela mexeria o quanto quisesse, o quanto fosse preciso para tornar a história "comercial", como gostava de frisar. Mas para mim pouco importava. Quando recebi suas sugestões, abri o arquivo e usei o comando de aceitar todas de uma vez, digitando, sem qualquer envolvimento emocional, as que exigiam minha mão. Pari os personagens sozinha, em longas horas na frente do notebook, de pés no chão sentindo o piso frio, com nada além de uma garrafinha de água em cima da mesa. E da mesma forma, quando coloquei o ponto final na história, eu os matei. Quando terminei de lê-la, os enterrei.

Ali, naquele sobradinho, não seria diferente.

Abri a porta da frente, e o cheiro de casa recém-limpa me recepcionou, embora lá no fundo eu conseguisse sentir o leve odor de ambiente fechado por muito tempo. Entrei devagar, deixando a mala ao lado da porta, correndo as pontas dos dedos pelas paredes, absorvendo o ambiente simples. Quantas histórias haveriam se passado ali?

Diferente de um quarto de hotel, em que a brevidade da presença das pessoas não é o suficiente para impregnar o cômodo de lembranças, uma casa alugada carrega vivências enraizadas em cada centímetro. E, quando deslizei os dedos pela tinta branca, já amarelada pelo tempo, soube que estava no lugar certo. O que senti foi amor. Eu tinha sido atraída até ali pela minha inquietação, e o destino, ou Deus, ou fosse lá qual fosse a entidade que se encarregava de costurar o tecido da vida, decidira que as paredes tinham histórias a me contar.

Então me sentei e ouvi.

Ou tentei.

O andar de cima tinha um quarto de janelas amplas, com vista para a árvore lá fora, a mesma que abrigara o envelope com as chaves. Eu não tinha reparado antes, mas era diferente estar diante dela, olhando diretamente para seu tronco massivo, para os galhos fortes que serpenteavam pelo ar. Era mais alta que a casa. De onde eu estava, era preciso colar o nariz no vidro da janela para tentar ver a frondosa copa, de folhas vistosas e verdejantes.

Foi diante daquela vista que organizei meu parco material de trabalho. O notebook aberto com a página em branco me assombrando, um copo com água, pés nus no piso de madeira.

Inspirei fundo, posicionei as mãos no teclado e esperei que viessem a mim.

Meu manuscrito, um calhamaço que beirava as quinhentas páginas sem final à vista, narrava a saga de uma família negra e proeminente lutando para construir um império.

Eu era aquela família. Eu era a negra proeminente lutando para construir um império de palavras.

— Você já conseguiu — dissera Alice quando, numa conversa de bar, confessei o que pretendia com o manuscrito. Ela se inclinou e pousou a mão no meu ombro com um aperto que pretendia ser reconfortante. — Naira, você é a escritora mais vendida do país. Qualquer livro seu é garantia de vendas. Não é o bastante?

Não era.

Eu estava na estrada havia tempo suficiente para saber que não bastava. E não bastava porque não era uma realização externa, ainda que ser lida, criticada ou elogiada tivesse exigido de mim o dobro do que exigiria de outra pessoa. Melhor dizendo: de qualquer pessoa que se encaixasse nos padrões. A sociedade era daquele jeito, e por ora eu não tinha o poder de mudá-la. Então mudei a mim. Desafiei a mim. A realização era só para mim.

Comecei a digitar. No começo, seja de um livro novo, seja de um capítulo novo, nada faz sentido. Vou apenas sentindo o tom, as vontades deles, para onde querem me conduzir. E assim me guio dentro do labirinto de mim mesma, abrindo portas e janelas antes intocadas, desbravando cômodos que não pensei que existissem.

Minha mente é uma casa.

Às vezes, penso nela como o sobrado onde terminei o primeiro calhamaço..., mas não sem antes ser colocada à prova. O autoconhecimento tem dessas. A tempestade precisa existir antes da bonança.

E, no meu caso, a tempestade veio naquele mesmo dia.

— Já vai voltar?

Iara, a taxista, atendeu no primeiro toque. Não disse *alô*, nem *oi*, nem *olá*, nem nada. Só aquela pergunta direta, ciente de que era eu do outro lado da linha. Fiquei parada no meio de um inspirar, a boca entreaberta para responder à saudação que nunca veio, o celular grudado na orelha. Ali, no quarto do segundo andar, diante da árvore. O único ponto da casa em que consegui sinal.

Olhei para trás, para o corredor que conduzia à sala de estar, onde deixei a bagagem. Precisei conferir o recado da proprietária..., mas tinha descoberto na ligação anterior — "Oi, Alice. Sim, cheguei bem. Não tem internet aqui neste fim de mundo, mas vou fazer o possível para te enviar um e-mail, está bem? Beijos" — que bastaria eu me mexer um centímetro para a conexão oscilar, ou pior, cair de vez.

— Não... Oi. Peguei uma corrida com você hoje mais cedo.

Ouvi o bom humor na voz dela.

— Eu sei. Não gostou da casa?

— Não é isso, eu... estava me perguntando se tem uma livraria por aqui. Tentei olhar na internet, mas página nenhuma carrega e... Espera. — Senti um sorriso débil se formar em meus lábios enquanto ligava os pontos. — Você dirige táxi e também é dona disto aqui?

Aquilo explicava tudo. Ela saber perfeitamente o caminho, minha profissão, os detalhes sobre a casa. Eu me senti estúpida por não ter percebido antes.

Estúpida, não. Distraída. Tô com muita coisa na cabeça.

— Não tem nada aí. — Iara ignorou a pergunta. — Te falei. Nada por perto. Mas assim, a cidade também não tem muita coisa, não. Até tinha uma livraria no centro, mas faz uns dez anos que fechou. Não levou livros?

— Achei que não fosse precisar. Mas queria conferir uma coisa num livro meu. É importante pro que estou escrevendo agora.

E lá estava eu despejando detalhes que pouco interessavam a Iara.

— Um livro seu? Não tem um arquivo digital dele?

— Não.

Meu notebook estava sempre vazio, sempre livre de qualquer arquivo de texto, meu ou de outro autor. Em casa, no velho computador de mesa, eu mantinha tudo guardado, mas em viagens eu preferia ser conduzida pelo isolamento. Físico e criativo.

— E você não lembra de cabeça? — Iara quis saber.

Eu ri.

— Não dá pra lembrar de tudo.

Não dava mesmo, mas, enquanto estava ali parada com o celular na mão, o silêncio desconfortável entre mim e Iara crescendo, eu sabia bem o que estava fazendo. Procrastinação. Se tivesse um livro na mão, meu ou de outra pessoa, passaria os dias lendo, fazendo anotações, sem coragem de encarar a tela em branco outra vez.

— Que rio era aquele a caminho daqui?

Iara disse que o rio passava no terreno da casa onde eu estava. Disse que era só ficar debaixo da árvore, olhar para cima e esperar o vento soprar as folhas para a direção certa. Eu ri. Não perguntei que tipo de sistema de orientação era aquele.

Por Iara, também soube que a região costumava inundar em dias de chuva. Que, se acontecesse, era para eu ficar bem quieta dentro da casa e aguardar a água baixar.

— É perigoso quando acontece. Já teve casa derrubada e gente levada embora. Gente que nunca mais apareceu.

Mas tragédias daquele tipo aconteciam em todo lugar. Bastava ligar no noticiário em um dia qualquer. Era coisa da imprudência do homem, do aquecimento global, da terra em si decidindo que era melhor se livrar da praga que a habitava.

— Esta casa já inundou? — perguntei.

— Já. E vai inundar de novo cedo ou tarde.

Decidi que veria o rio cedinho no dia seguinte, antes de começar a escrever. Caminhar ao ar livre, ver um pouco de natureza não poderia fazer mal, poderia?

— Obrigada pela informação. Pra ser sincera, não sei bem por que liguei. Não quero ficar te perturbando.

— Ligou porque nem sempre ficar sozinha é a solução — refletiu Iara. — De vez em quando, é legal ter alguém pra te guiar, não acha? — Ela não me deu tempo de responder. — Lembre-se: pra onde sopram as folhas da árvore. E cuidado com a chuva.

A chuva me engoliu.

Mais tarde, deitada na casa e sentindo a água entorpecer cada um dos meus sentidos, eu não saberia explicar em detalhes o que aconteceu. Eu estava tomada por uma ânsia vinda do meu âmago. Uma vontade de escrever, de me libertar. De pôr para fora uma dor que até então eu desconhecia. Mas me sentar diante do notebook não me dera nada. Página em branco. Sensação de vazio. As mãos tateando por livros que eu não tinha. Mas aquele sufocamento não passaria, não ali, não dentro das paredes que me confinavam.

Saí.

De pés descalços, passei da entrada fria para a calmaria da grama, olhando ao redor. O vento soprava, balançava a árvore. *Quaresmeira*, senti a palavra me ser sussurrada. Eu nunca tinha visto uma daquelas antes, não pessoalmente. Era linda, robusta e grandiosa. Quanto mais eu olhava, mais frondosa parecia. Os galhos tomados de folhas se encurvavam ao sabor do vento, todos em uma única direção. Lembrei do que Iara dissera, e de repente minhas pernas se moveram como se tivessem vontade própria. Meus olhos estavam grudados no céu límpido, no azul suave servindo de fundo para as parcas nuvens, mas eu sentia o cheiro da chuva no ar, uma umidade que era injetada em meus pulmões e servia de combustível para minha caminhada. Não sei por quanto tempo andei. Mais tarde, eu notaria as escoriações nas solas dos meus pés machucados. No entanto, enquanto eu trotava pela planície sem fim, a fome de liberdade ofuscava quaisquer dores. Exceto aquela berrando em meu peito.

A primeira visão do rio me arrebatou. O chapinhar da água trouxe à tona algo que havia muito se perdera dentro de mim. Um crescendo que culminou no apagar daquela dor. Paz. Senti a alma ser puxada para fora do corpo, levada com o ritmo da correnteza, mergulhada em leveza e calmaria. Sentei-me na margem. Minhas mãos abertas apreciaram a grama fresca, os pés chapinharam a água gelada que enviava um arrepio por minha espinha. O sol fraco entre nuvens mal aquecia minha pele antes que o calor fosse espantado pela brisa. Enquanto eu estava ali, de olhos fechados e inspirando o ar tomado de umidade, as primeiras gotas de chuva começaram a cair. Sorri. Eu sabia. Soube no momento em que minha vontade me conduziu para fora da casa, no momento em que meus olhos tocaram a imponente quaresmeira. Me lembro de pensar: *Iara disse para eu tomar cuidado*. Me lembro de pensar: *preciso me levantar e sair daqui*. Mas algo, um peso críptico que ao mesmo tempo era chumbo e pena, me manteve exatamente onde eu estava. Não, não presa. Enraizada. Como se eu fosse uma árvore milenar, e ali, meu único lugar.

Meu lar.

O que veio depois foi confusão. Um puxão na altura das canelas, e de repente a margem já não era mais meu porto seguro. As águas decidiriam meu destino. Fui levada, acariciada pelo fluxo suave até que eu e o rio fôssemos uno. Até que minha carne, meus ossos e meu sangue se dissolvessem naquela calmaria.

Eu era feita do tudo e do nada.

Abri os olhos, longe demais da superfície, mas ainda assim sem chegar ao fundo arenoso. Vi a chuva tocar o limiar da água, como pequenos meteoros atingindo a atmosfera. Pensei: *vou morrer*. Pensei: *já estou morta*. Porque meus pulmões estavam tomados d'água, porque eu podia sentir a correnteza entrando e saindo, fluindo através das narinas, inundando meu ser. Aquela paz, aquela leveza só podia ser o paraíso do pós-vida prometido por ninguém. Aceitei. Aquele era meu lugar. Tudo culminara naquele momento. Pouco interessava o que eu tinha passado; minhas nuances de ontem, insignificantes. Nulas. Meu lar estável, minha infância marcada por privilégios que eu só reconheceria depois de muito mais velha. As oportunidades que eu não sabia que as outras pessoas, pessoas que tanto se assemelhavam a mim, nunca tiveram. Na adolescência e por toda a vida adulta, a vontade quase intoxicante de escrever, e a incapacidade ainda mais intoxicante de não conseguir. A culpa por ser tão opulenta, tão abençoada e, ao mesmo tempo, tão medíocre. A perda das minhas palavras. A perda da minha voz. Será que algum dia tive direito àquela voz? Ao grito da minha alma querendo transbordar pelas páginas? Não. E a água levaria tudo embora.

Acho que, por um instante, o rio pensou que eu e ele fôssemos feitos da mesma substância. Foi assim que me acolheu, me aninhou e conservou minha vida em suas correntes agitadas. E então, quando se deu conta de que eu não fazia parte de seu ser, me expulsou. Por me amar demais. Por saber que mais um pouco e eu não seria uma vida que transborda, mas sim um cadáver pútrido se dissolvendo entre os sedimentos.

Na margem, tornei a abrir os olhos. Tudo o que senti foi lama, debaixo das minhas unhas até o fundo da garganta. Eu sabia que algo havia mudado em mim, mas não tive pressa para explorar meus novos sentidos.

Deitada sob a chuva, me permiti morrer.

Renasci ao lado de Iara.

Um toque leve em minha bochecha, cálido, um conforto. Ao mesmo tempo, a consciência do meu corpo, lavado e aconchegado em lençóis tão limpos quanto eu. Senti a casa ao redor, suas paredes se inclinando em minha direção, como um casulo.

Lar.

— Achou que eu tinha morrido?

As palavras soaram estranhas aos meus ouvidos. Fáceis demais. Mas era eu. Era minha voz. Esperei que a garganta queimasse, que os pulmões reclamassem a falta de fôlego.

Nada aconteceu.

Inspirei fundo. Senti-me completa.

A mão se moveu para o cacho grudado em minha testa, fazendo cócegas.

Ainda de olhos fechados, me aproximei do toque. Tive um pensamento engraçado: *eu poderia morar neste aconchego.* Então me corrigi: *já moro aqui.*

Ela riu baixinho.

— Naira, Naira... — Ouvi a censura na voz dela. — Eu estava esperando teimosia, mas não nesse nível. Mas eu sabia que você voltaria.

O toque dela me deixou quando me levantei de uma só vez. Abri os olhos. A casa estava na penumbra. A janela de cortinas afastadas mostrava um céu sem estrelas. Mais escuros que a escuridão, os galhos da árvore serpenteavam pelo ar, balançando suavemente com a brisa.

— Achei que tinha morrido — confessei, recostando-me outra vez. — Na verdade... tenho certeza de que aquele rio me matou.

Olhar para Iara não me deu qualquer resposta. A expressão dela, embora repreensiva, parecia aliviada em me ver, em constatar que eu ainda estava inteira, embora nem eu soubesse explicar como. Inspirei fundo, e juro que senti algo fluir dentro de mim. Tão leve, tão fácil...

Iara alcançou minha mão.

Não me afastei, mas minha boca expôs a dúvida que borbulhava em mim:

— O que está fazendo aqui?

— Você precisava de mim. Como acha que voltou pra cá?

— Não sei... Talvez... mais alguém...

— Sim, *ela* me ajudou. — Os olhos da mulher passearam pelo teto da casa antes de se voltarem aos meus. — Você veio aqui em busca de respostas. A casa precisava te preparar pra elas.

Aí está.

— Como é que você sabe? — Olhei bem fundo nos olhos dela, estranhamente nítidos. Dois pontos de luz.

Um farol que guardava as respostas consigo. — Hein? Como é que sabe?

— A quaresmeira...

Sim, aí está.

— Não. *Não.* Me conte *a verdade.*

— Naira. — Iara estava rindo suavemente. — Ainda que eu te contasse, você não ia acreditar, então pra quê? Quase nada faz sentido neste mundo. É este o mistério da vida, não acha?

— Não. — Suspirei. — Eu sei que sim.

Mas parte de mim ainda relutava, ainda tentava procurar um caminho lógico que no fundo eu sabia que não me cabia. As perguntas fervilhavam pelo meu corpo. Senti vontade de ir lá para fora, de pôr os pés no chão, de me ancorar.

Levantei-me tão rápido que minha cabeça começou a girar, mas eu só perceberia aquilo mais tarde, quando o mundo deixasse de ser um turbilhão de lembranças que não me pertenciam, quando meu eu voltasse para mim com tudo.

As paredes contam histórias... quantas delas você se permitiu ouvir?

A casa saiu do eixo quando pisei no chão.

Um dia, me invocaram aqui.

Não sei o princípio nem o fim. Sou o eco que aqui habita, muito além destas paredes, muito além desta terra que foi e será lavada. Muito além do marco em que as raízes cresceram.

Eu, feita de tudo e nada

Um dia, pensaram que eu seria necessária aqui.

Vi gerações nascerem, crescerem e morrerem. Com meu sopro de vida, os impulsionei a viver a vida que eu estava destinada a ter e perder. Amores, decepções, corações partidos. Risos de criança e suspiros de velhos. Em uma eternidade e em um piscar de olhos.

Um dia, decidi ficar.

O que resta de mim sobreviverá ao infinito ciclo da vida?

Mas o que sou?

Tem coisas que desafiam a lógica dos homens.

Sou a primeira e a última delas.

Me encolhi instantaneamente, voltando com os pés para cima da cama. Mas o sopro já atravessara minha alma.

— O que...? — Sem fôlego, tive que deixar as palavras morrerem. Iara continuou segurando minha mão, respirando junto a mim até que meus lábios secos se entreabrissem outra vez. — O que está aconte...

— Deixe que ela fale com você.

Eu estava aberta e exposta como um livro. Com medo. Aquele olhar de farol iluminava o caminho da verdade. Mas eu estava mesmo pronta para encará-la?

— Ela só quer ser ouvida.

Talvez... talvez eu estivesse pronta para encarar a mim mesma.

Tornei a colocar os pés no chão.

Deixo que ela me veja. Que me sinta antes de me ouvir. As pupilas estão dilatadas, a respiração irregular. De pé, neste quarto quase vazio, ela desnuda a alma para mim. Ao lado dela, Iara me ignora. Não poderia me ver nem se me encarasse, embora seus olhos estrelados estejam presos em Naira. Mostrando o caminho. Não me vê, mas me pressente, sente e anuncia, como a guia que é e sempre foi.

Em Naira, o medo se dissipa devagar. Sei que pareço um fantasma, uma aparição igual àquelas que ela escreve. Os olhos me perscrutam, tentam me interpretar e falham. Uso a casa para dizer: você está segura. Está a salvo. E não estou aqui para contar minha história. Não. Minha história ecoa em mim e naqueles a quem toquei. Minha história pertence a esta terra.

Sim, Naira. Estou aqui para falar da sua.

Depois que a vi, meu corpo foi movido por uma força invisível.

Meus pés flutuaram pelo quarto, até a mesa simples, em cima da qual meu notebook repousava, intocado. Minhas mãos pousaram no teclado, e a magia aconteceu. Tem gente que acha absurdo, mas sempre acreditei em vocação; talento, se quiser uma palavra mais enfeitada. No fim das contas, é a isto que se resume. Sempre deixei que meus personagens viessem a mim. Sempre observei e deixei que falassem, que me contassem o que queriam contar. Sempre fui uma observadora externa. Aquilo não significava que não havia trabalho duro por trás. Trabalho duro, suor e persistência. Nem sempre as criaturinhas querem falar. Às vezes é necessário correr atrás delas, como um insistente repórter investigativo, até conseguir o furo que mudará sua vida.

Mas aquela era minha história.

Sim, tive privilégios. No entanto, aquela luta interna me consumia havia anos, a ponto de enfraquecer meu espírito. Eu não era nada além de uma mulher cansada. Humana. Uma mulher que dera vozes a tantas histórias, mas se via incapaz de dar atenção à própria.

Mas eu era muito mais que apenas minhas histórias.

Quando acabei o império daquela família proeminente, abri um documento novo.

E nele me despi.

— Eu a vi, e ela é linda... — falei baixinho. Senti que se usasse um tom mais alto poderia perturbar o espírito mais velho que o mundo que habitava aquela casa. — Ela me disse o que fazer. Disse que eu não precisava correr atrás de nada, que a história estava aqui comigo o tempo todo... Olha isso!

Gesticulei para as dezenas de páginas escritas em velocidade sobre-humana. Ainda estávamos no escuro, e a noite não dava quaisquer indícios de estar perto de terminar. Iara tinha puxado uma cadeira para meu lado, em silêncio, quietinha, apenas revezando entre observar minhas mãos febris passeando pelo teclado e meu rosto, preso numa expressão extasiada.

Iara sorriu.

— Você está indo bem.

— Não sei como continuar — confessei.

Mas daquela vez não estava com medo.

— Você não precisa saber. Isto — Iara tocou a tela com dedos leves — é só parte da sua história, Naira.

— Tem mais então?

— Muito mais. Aí dentro.

— Mas ela já foi embora — falei, os olhos arregalados passeando pelo teto da casa. — Eu a senti partir quando comecei. E se eu não puder continuar sozinha?

Iara estendeu a mão para mim, e a aceitei, como um reflexo. Como se meus dedos precisassem desesperadamente de outro toque.

— Quem disse que você precisa fazer isso sozinha?

Terminei a história no dia seguinte. Nada muito volumoso, mas é o que dizem: menos é mais. Como sempre, não li. Não porque era meu costume, mas porque enfim aquele texto me pertencia. Era meu eu despejado em palavras. Conduzido por uma casa, uma quaresmeira, um amuleto perdido e encontrado na terra... uma força que conhecia minha origem. A Naira que por tanto tempo escondi de todos, inclusive de mim.

Sincronizei os dois arquivos no celular, fiquei na pontinha dos pés perto da janela, abaixo da vigília da árvore, bem onde o sinal pegava. Estava imaginando Alice recebendo o e-mail com os dois livros e dando um sorrisinho. Em todos aqueles anos, ela nunca duvidara de que eu conseguiria terminar um livro. E eu sempre terminava.

— E agora? — questionou Iara, parada na porta. — É assim que acaba?

— Como assim?

— Você terminou o livro. Vai embora, não vai? — A voz dela mal passava de um sussurro, como se as palavras doessem.

Quando me virei para olhar em seus olhos, aqueles doces olhos de farol, soube que doíam mesmo.

— Bem... — murmurei, mas tinha que ser sincera. — Quer dizer... é, vou. Você sabe, minha vida inteira está na capital. Sabe, não sabe? Aposto que a *casa* te contou isso.

Minha tentativa de deixar a situação mais leve não surtiu efeito. Iara abaixou o olhar, um pé chutando o ar como uma criança birrenta. Mas entrelaçou os dedos nos meus e não os soltou. E eu não queria que ela soltasse.

— Estou feliz por você — disse ela. — A casa procura dar o que precisamos. Você recebeu seu presente, e acho que era tudo o que você queria. — Ela deu um sorriso triste. — Mas não vou fingir, não seria de todo ruim se você demorasse um pouco mais.

— Não sei se posso ficar... Não... logo de cara. — Apertei a mão dela, em um gesto que esperei ser reconfortante. — Vem comigo.

— Eu...

— O que você tem aqui neste fim de mundo?

— Este fim de mundo é meu lar.

Iara tinha razão. E que direito eu tinha de sugerir que ela deixasse suas raízes por uma incerteza? Por outro lado, o que eu tinha a perder? Eu me dei conta de que uma mudança de planos não me faria mal. Depois de anos em um apartamento pequeno e me sentindo encurralada, talvez uma quaresmeira frondosa... e florida, percebi enquanto observava o vento soprar sua copa, e um rio que era meu salvador não fizessem tão mal assim...

O olhar de Iara se suavizou, um sorriso brincou em seus lábios cheios e eu soube que poderia dar um jeito. Eu me lançaria no infinito, desde que tivesse meu farol... minha Iara, iluminando meu caminho até o porto seguro de seus braços.

O presente que Aina me deu transcende. E parte de mim acredita, sabe, que foi ela a me conduzir ao rio naquele dia. Diabo, talvez ela tenha puxado minhas canelas e me mantido debaixo d'água até que eu renascesse nos braços de Iara. Isso nunca vou saber. E de que importam os detalhes? A verdade está aqui, afinal.

Fui libertada.

E o mais engraçado é que as amarras que me prendiam não eram nada além de minhas. Inerentes. Feitas da minha própria frustração. Feitas da minha necessidade de provar ao mundo que... de *me* provar ao mundo. De gritar: eu existo! Eu importo! Eu tenho valor!

Estou em paz comigo mesma. E sendo esta a paz que sempre busquei, mesmo que inconscientemente, estou feliz por tê-la encontrado.

Iara e eu buscamos Alice no aeroporto, ela com as mãos na cintura e um sorriso travesso que dizia: *mulher, te falei pra* não sumir. Mas mudar *pra* cá é um pouco demais, não?

Não me desculpei. Todo mundo tem dentro de si esta ânsia de liberdade, de mudança. Uma sede.

Graças àquela simpática casa com a enorme quaresmeira e o rio passando nos fundos do quintal, a minha se abrandou.

Os ecos daqui e de lá

Patie

Aquele era um dia como outro qualquer. Anaí sabia que a avó cochilava e por isso quase não fazia barulho enquanto passava a lição. Ela nunca tinha visto a mãe dar aula, mas imaginava que seria mais ou menos daquele jeito. Expressão séria. Cabelos presos. Queixo pra frente, costas retas. Como a mãe fazia quando Anaí conseguia flagrá-la cruzando o portão antes de sair para trabalhar.

Ao menos Anaí tinha uma fileira de bonecas que a assistiam com muita atenção. Quer dizer, exceto por Bibiana, que estava meio caída, e Anaí a alcançou para endireitá-la antes de continuar seu ofício.

Uma folha arremessada pela árvore lhe acertou em cheio o rosto. Não doeu, nunca doía quando a árvore queria chamar atenção, mas Anaí afastou a folha com força. A mãe odiava aquela árvore velha que sujava toda a frente da casa, então Anaí a odiava também. Ela emulava a mãe de toda forma que podia.

Uma borboleta amarela pousou na cabeça magrela de Bibiana. Anaí sabia que aquilo não era boa coisa. Em pouco tempo toda a árvore estaria coberta por aquelas borboletas, que agiam como se quisessem algo da outra, e não demoraria para que a planta começasse a chacoalhar os galhos para se livrar delas. Mais folhas cairiam. Mais trabalho para a mãe de Anaí.

Não era como se o jardim que rodeava a casa fosse pequeno, mas a árvore sempre contava com a ajuda da ventania para cobrir tudo com seu monte de folhas quando estava irritada. No fim, aquela era uma luta que a mãe estava fadada a perder, dia após dia.

Anaí levantou a mão para enxotar o inseto intrometido e impedir que as colegas achassem que podiam borboletar por ali. A mão de Anaí estava prestes a acertar a borboleta quando um soluço de choro chamou sua atenção.

Parecia o choro que a mãe volta e meia chorava, mas Anaí sabia que a mãe ainda demoraria para chegar do trabalho. Não voltaria antes de ser noite. Ela olhou para a avó, que continuava cochilando na cadeira de balanço. A cabeça da avó ficava cada dia mais branca. Os cachos estavam presos no alto, dando a impressão de que aquela mulher magrinha era ainda mais alta.

Mas Anaí sabia que a avó vinha se encurvando com o tempo, diminuindo de tamanho, talvez até desaparecer. Era estranho... pensar que um dia a avó não estaria ali. Que Anaí um dia estaria completamente sozinha. A mãe sempre ia, raramente ficava. A avó era a única constância em sua vida.

Por isso Anaí resolveu que ela mesma investigaria o barulho. Vinha de dentro de casa. A mãe dizia que a casa era tão velha e cheia de problemas quanto a árvore. Anaí sabia que às vezes a casa suava e manchava as paredes. A mãe esfregava com vontade, resmungando sobre canos, chuvas e outras coisas fora de controle. Igual o dia em que acabou a luz no meio da noite. Só notaram o que tinha acontecido quando os ventiladores se desligaram, deixando os carapanãs subirem. De longe, Anaí pudera ver as casas iluminadas dos vizinhos. A avó havia acendido velas, e, no outro dia, a mãe marchara na direção do ponto de ônibus. Homens uniformizados tentaram, tentaram e não resolveram o mistério das luzes que iam embora. Um deles tinha sugerido que o problema fosse a casa.

O problema era sempre a casa, e daquilo a mãe de Anaí sabia muito bem.

Era grande demais. Quente demais. Velha demais. Escura demais. Úmida demais. Cafona demais. Intimidante demais. Poeirenta demais. Abarrotada demais, com os cômodos servindo para acumular móveis e objetos. A mãe ia entulhando e amontoando tudo no quarto dos fundos para dar espaço à tecnologia. A avó ainda tentava organizar as coisas da melhor forma que podia no dia a dia, mas era a mãe que tinha que limpar o casarão inteiro nos fins de semana.

Um dia, repetia, ela conseguiria vender aquele mausoléu e abandonar aquele lugar como o irmão tinha feito anos antes. Tio Luciano tinha saído pela porta e nunca mais voltado. A avó recebia cartões-postais uma vez por ano.

Foi no meio do corredor que levava à cozinha que Anaí encontrou a menina. Era menor que ela. Talvez mais baixa, talvez mais nova. Tinha a mesma pele preta de Anaí, os mesmos cachos fechados enrolados com o cuidado de alguém que se importava, e parou de chorar assim que a viu. Ou talvez quando viu Bibiana, porque ela ergueu as mãos para a boneca antes mesmo que Anaí se lembrasse que a carregava consigo.

Anaí entregou Bibiana para ela, ainda que não soubesse bem o motivo. O braço da outra se esticou em sua direção, e então o braço de Anaí também se esticou de forma reflexa. Com Bibiana e tudo.

As outras bonecas estavam esperando na varanda, então Anaí saiu correndo para buscá-las. A avó ainda dormia, e Anaí sabia que não podia perturbá-la. A mãe estava preocupada com o coração da avó. Ele falhava enquanto a avó dormia, a mãe repetia com preocupação. A avó respondia com a resignação de quem não tinha medo da morte. Aquilo parecia perturbar a mãe de Anaí ainda mais.

A mãe era daquele jeito, do tipo que não conseguia se render diante do destino. Sempre havia algo que ela podia fazer. Mais dinheiro a ganhar. Mais esforço a aplicar. Roubaram o vizinho? Ela trabalharia até conseguir aumentar o muro. O preço do ovo duplicou? Ela duplicaria os bicos no fim de semana.

Havia um instinto de sobrevivência. De lutar contra as forças maiores que ela. Quanto mais a avó se resignava ao fluxo da vida, mais a mãe se debatia contra ele. Alguém tinha que fazê-lo.

Mas Anaí sabia que era grave o que estava acontecendo com a avó. As noites vinham sendo cada vez mais difíceis para todas. A mãe estava trabalhando mais do que o normal. Os remédios eram caros, a avó reclamava. A mãe os comprava mesmo assim.

A árvore chacoalhou os galhos com ferocidade, e as duas garotas se puseram a brincar.

O sol já tinha se posto havia um tempo quando a avó entrou em casa. Ela chamou por Anaí, que resmungou alguma coisa sem sentido, mas foi o suficiente para que a avó a encontrasse.

— Vamos banhar que já, já sua mãe... Ah. — A avó parou de falar, vendo Anaí e a garota recém-chegada brincando com as bonecas no corredor. — Ah.

As duas ergueram a cabeça para a avó, e era como se fossem uma só pessoa. A mesma expressão, o mesmo tom, o mesmo nariz pontudo. Poderiam ser gêmeas. Talvez mãe e filha. Quem sabe bisavó e bisneta.

— Venham — chamou a avó. — Tá na hora do banho.

As duas foram. No mesmo ritmo, no mesmo gesto.

Aquela era uma rotina comum para Anaí. Toma banho, janta, vai pra cama. A mãe só chegava mais tarde. Às vezes Anaí acordava com o barulho da máquina de lavar. Ou com a mãe amaldiçoando a árvore. Era naqueles momentos que Anaí roubava pequenos relances da mãe. Ela parecia tão alta, tão bonita. O cabelo era crespo como o de Anaí, mas a mãe não tinha tempo para os cachos como a avó, que os moldava com tanto cuidado. O resultado era uma coroa de caracóis presa na toalha que fazia o papel de um turbante.

A mãe era linda, mesmo depois de um dia de trabalho. Havia uma força nela que não se deixava abalar pela água preta que resolvia sair do encanamento, ou pela chuva que decidia arrastar parte do muro da casa consigo. A mãe encarava o problema e a mãe resolvia. Mesmo que depois chorasse baixinho no chuveiro, e Anaí e a avó se esforçassem para fingir que não ouviam. A mãe não gostava de quando elas se metiam com sentimentalismos.

Agora, Anaí custava a pegar no sono. A garota que se parecia com ela também estava longe de dormir. As duas ficaram olhando para o teto, onde brincava a sombra dos galhos da árvore velha. Pra lá e pra cá, ao sabor da brisa fresca que a noite soprava.

Foi naquele meio-tempo que a mãe chegou. Xingou a árvore pela bagunça das folhas na varanda. Anaí sabia que a avó se ofereceria para esquentar a janta. A mãe recusaria. Recusava toda vez. Perguntava se a avó tinha tomado o remédio. Dizia que limparia tudo antes de dormir, que a avó podia ir se deitar. Comia a comida fria mesmo. Limpava a cozinha. Depois tomava banho. Às vezes lavava o banheiro. Às vezes lavava a varanda.

Antes de ir para o quarto que dividia com Anaí, porém, a mãe abria a porta do quarto da avó para observá-la, como se sua presença pudesse obrigar o coração da mulher a continuar batendo.

Passavam-se horas e horas até que a mãe pudesse enfim colocar a cabeça no travesseiro. E, toda noite, quando ia se deitar na cama de solteiro ao lado da cama de Anaí, a mãe beijava a cabeça da filha.

Naquela noite, ela beijou a cabeça da garota que não tinha nome.

Os dias passaram no ritmo devagar de sempre, e avó e neta acabaram se acostumando à presença silenciosa da menina que ninguém sabia de onde viera. Ela não respondia quando a avó perguntava seu nome. Não respondia quando perguntava se preferia isso ou aquilo. Era uma boa coisa que a avó tivesse experiência na adivinhação de vontades. A própria Anaí não falava, o que era outro motivo de desavença entre a avó, que exigia que respeitassem o tempo da neta, e a mãe, que volta e meia levava a filha a médicos que tentavam e tentavam, mas não conseguiam resolver o problema da fala atrasada da garota de 5 anos.

Por aquele motivo, a avó punha a rádio para tocar e cozinhava cantando sobre gente que via estrelas demais, e as meninas acompanhavam com sons que não chegavam a formar palavras. As brincadeiras nunca tinham exigido palavras de Anaí, e as duas se punham a tirar todas as panelas do armário e fingir grandes banquetes para as bonecas que as esperavam ansiosas.

Todo dia, a mãe saía antes de o sol nascer, muito antes que as garotas acordassem. Se perdesse a hora, o segundo ônibus estaria muito cheio. Ela almoçava na escola com as crianças que ensinava. Trabalhava os três turnos em duas escolas diferentes, e não havia tempo para voltar para casa meio-dia e depois voltar para o centro a tempo da primeira aula. Era mais prático passar o dia por lá, e tudo na mãe de Anaí era absurdamente prático.

Naquele fim de semana, ela tinha ido ganhar um dinheiro extra trabalhando num buffet de festa de criança.

— Eu tô bem — insistiu a avó, como sempre insistia. — A gente não precisa gastar dinheiro com toda essa remedieira. O da pressão é suficiente.

Mas a mãe nunca lhe dava ouvidos, e naquela noite não foi diferente.

— O dinheiro é pra isso, mãe.

— Se a gente gastasse menos, você podia trabalhar menos.

Anaí ouviu a mãe suspirar.

— Tome seus remédios e vá dormir, dona Carla. Vou tomar banho.

— Lucia...

Na caminha de solteiro que dividiam, Anaí e a garota desconhecida esperaram a avó esquentar a comida que a mãe tinha anunciado que podia esquentar sozinha. O barulho do frasco de remédio veio em seguida. Anaí sabia que a avó chacoalhava com mais força do que o normal para que a mãe ouvisse. Sabia também que a avó só os tomava dia sim, dia não. *Eu tô velha*, repetia ela, resmungando, mas só quando a mãe não podia ouvir. *Velhos morrem, e os novos não devem se sacrificar por eles.*

Logo em seguida, ouviram o barulho da porta do quarto da avó se fechando. Sincronizadas, as duas afastaram o cobertor e se puseram a caminhar na direção da cozinha. A mãe voltava com doces quando trabalhava em festas de crianças, e eles sempre esperavam por Anaí na mesa da cozinha.

Dito e feito, os bombons coloridos estavam lá. Anaí passou um para a garota e mostrou como deveria fazer para desenrolá-lo. Parecia que a menina que tinha surgido do nada nunca tinha visto um bombom. Anaí riu, e o sorriso da outra refletiu o seu.

A alegria das duas foi interrompida pelo barulho do soluço da mãe no banheiro. Anaí congelou. Ela sabia que devia voltar para a cama, se esconder debaixo das cobertas e agir como se nada estivesse acontecendo. Era o combinado silencioso da casa. Todos deveriam fingir que a mãe era sempre forte.

A outra garota, porém, marchou na direção do banheiro. Anaí hesitou por um segundo antes de segui-la. Talvez fosse repreendê-la. Talvez fosse finalmente consolar a mãe. Sozinha ela sabia que não teria coragem.

Mas a porta estava trancada. O que restou às duas foi sentar e esperar.

Era um choro baixinho, não muito diferente daquele que levou Anaí à garota que ninguém conhecia. A mãe tentava não chamar atenção.

Demorou um tempo, mas a mãe enfim parou de chorar. Anaí a ouviu abrir a torneira, talvez para lavar o rosto. Ouviu-a limpar a garganta. Um momento de silêncio, em que Anaí sabia que a mãe estava se vestindo e enrolando a toalha no cabelo. Ouviu-a abrir a porta.

E parar.

A menina que ninguém sabia de onde tinha vindo olhou para Anaí, como se esperasse que ela fizesse algo. Anaí só conseguiu olhá-la de volta, porque, por ela, as duas estariam muito quietas na cama, tentando não respirar para não atrapalhar a mãe.

Aquilo pareceu decepcionar a convidada, que voltou a olhar para a mãe.

— São duas — falou a mãe, como se as palavras em voz alta fossem capazes de dar sentido ao que via. — Uma. Duas.

Anaí olhou para a garota, que ofereceu o bombom que tinha na mão para a mãe. Era uma boa ideia, então Anaí copiou o gesto.

A mãe continuou a olhar para as duas. Ela não parecia sequer respirar.

As duas insistiram com seus respectivos bombons, e a mãe olhou para as mãos estendidas como se fossem algo sobrenatural.

— Mãe! — gritou a mãe, sem tirar os olhos das duas. — Mãe! Eu... Mãe!

— Mãe! — repete a garota de lá.

— Mãe! — continua Anaí, os sons desconhecidos se formando sozinhos na boca.

A mãe pareceu ainda mais assustada.

— Anaí... você... não fala...

A avó abriu a porta do quarto, e Anaí finalmente entendeu que havia algo de errado. Ela olhou para a colega, que a olhou de volta. Nenhuma das duas parecia saber o que estava errado, não exatamente, mas a forma como a mãe apontava para elas sinalizava que algo ia mal.

Os ecos daqui e de lá

— Tem duas delas — acusou a mãe, o olhar indo para a avó das garotas. — A senhora tá vendo duas? Eu tô louca? Anaí acabou de falar! Anaí falou! Meu Deus, eu tô louca, eu tô louca...

A amiga de Anaí sacudiu a cabeça em negação, talvez para a mãe, talvez para a avó, talvez para Anaí. Mas Anaí não estava entendendo o que acontecia. A mãe gritava, a avó não respondia, a menina perdida a olhava como se Anaí soubesse o que fazer, e por aquela razão o que Anaí fez foi chorar.

— Não, não, meu bebê — acudiu a avó —, não fique agoniada. Tá tudo bem.

— A senhora tá vendo duas? — insistiu a mãe, a um passo do descontrole.

— Lucia, pare, você tá assustando as crianças.

— Ela é igual a Anaí! De onde saiu essa menina? O que ela tá fazendo aqui? Por que a senhora não me disse nada? A senhora falou com a polícia? Eu...

— Lucia — interrompeu a avó.

— Não perca ela de vista, vou no orelhão ligar pra eles — anunciou a mãe, decidida.

— Lucia!

Mas a mãe não estava escutando, raramente escutava. Pegou a carteira na bolsa sem tirar os olhos do par de meninas. Havia uma linha de preocupação no rosto da mãe de Anaí, mas não era suficiente para que ela parasse para consolar a filha. Não, a mãe precisava resolver aquilo. Só assim Anaí estaria segura. Abraços e palavras doces não resolviam problemas. A mãe tinha aprendido aquilo quando seu pai fora levado embora.

— Tá tudo bem, meus bebês — mentiu a avó, colocando Anaí no colo e trazendo a segunda criança pela mão. — Vamos enxugar essas lágrimas e dormir. Já está tarde.

O rosto de Anaí foi lavado, beijado. A intrusa acompanhou todo o processo. Não havia um pingo de remorso em seu rosto. Na verdade, ela olhava para Anaí como se a garota tivesse a solução.

Por isso Anaí preferiu fechar os olhos. Ela sabia que o orelhão mais próximo ficava na padaria, a uma boa caminhada dali. A mãe demoraria. Talvez a caminhada a ajudasse a se acalmar. Anaí sabia que a mãe precisava de espaço para voltar a ser ela mesma. A mãe que gritava, se assustava, aquela não era a mãe de Anaí. A mãe de Anaí sempre sabia o que fazer, sempre sabia o caminho a seguir. Não havia nada que não pudesse resolver.

Anaí devia ter cochilado, porque acordou com a voz da mãe. De início, as palavras não faziam muito sentido. Talvez fosse o sono de Anaí, talvez as paredes grossas, talvez o estado da mãe. Na verdade, Anaí nem sabia se a mãe falava com alguém.

—... eu não tô louca, são duas, duas.

Pela porta aberta do quarto, Anaí conseguia ver a mãe andando de um lado para o outro.

— Elas são iguais. Iguais. Como que... sósias. Não tem outra explicação. Tipo aquele filme, qual o nome... — dizia a mãe, apenas para ser interrompida pelas próprias lágrimas. — Isso não faz sentido. Não faz sentido nenhum.

Não fazia, Anaí quis concordar. Não fazia sentido a mãe estar tão perturbada. Ela não era do tipo que se agoniava. Era sensata, razoável, lógica. Não tinha espaço para nervos, para agir como uma *pessoa*.

O sono começou a fechar as pálpebras de Anaí, e a última coisa que a menina viu antes de ser vencida por ele foi a mãe olhando para o bombom que uma das duas largara no chão.

A mãe não dormiu naquela noite. A avó reclamava sobre isso na cozinha. A cópia de Anaí já estava de pé, esperando que ela se levantasse. Parecia ansiosa para sair do quarto. Anaí tentou não se ressentir com a garota. Da próxima vez, ela não deixaria que interrompessem a mãe enquanto chorava. Aí ficaria tudo bem.

— Os dentes, Anaí — lembrou a avó quando as garotas saíram para o corredor.

A mãe se virou para elas, e sua expressão era diferente de qualquer olhar que Anaí já tinha recebido. Sim, as duas não conviviam tanto assim. Boa parte das lembranças que Anaí tinha da mãe eram vislumbres. A voz abafada no meio da noite. O toque do lábio em sua testa. O andar apressado enquanto limpava a casa. A pouca paciência com o cabelo de Anaí. As discussões com a avó. Pedaços e ecos de quem Anaí sabia que era mais Lucia do que mãe.

E tudo bem. Anaí sabia que aquilo era o que a mãe conseguia dar.

— Não faça essa cara pras crianças, Lucia — censurou a avó.

— Não me diga o que fazer! A senhora deixou essa... estranha... dentro de casa todos esses dias!

— É só uma criança.

— Ela é igual à Anaí!

— Por isso mesmo, o que você queria que eu fizesse? Jogasse ela fora? — retrucou a avó.

— Chamasse a polícia!

— Ah, a polícia. Sempre prontos pra nos ajudar. O que foi que eles disseram quando você ligou? Eles acreditaram?

A mãe hesitou.

— A polícia vem. Vou ligar hoje de novo. E, se não vier, eu mesma levo ela lá.

— Pra que eles joguem ela fora por você? Eles são bons em jogar gente fora.

— Pra que encontrem a família dela!

A avó estalou a língua, do jeito que fazia sempre quando estava perdendo a paciência.

— Olha pra ela, Lucia. Quem você acha que é a família dela?

A mãe não pareceu encontrar uma resposta para aquilo. Em vez disso, olhou para as garotas com a mesma expressão perturbada, incomodada, antes de se levantar para sair da cozinha. Seu passo apressado só vacilou na frente do quarto dos fundos, como sempre acontecia.

Mas a mãe de Anaí nunca tinha se deixado abalar pelas lembranças que tinham sido abandonadas lá dentro, então no outro segundo já tinha vencido o passado e alcançado a varanda.

Anaí viu quando ela se sentou no chão de caquinhos vermelhos da varanda, à espera dos policiais que resolveriam tudo. Viu quando a árvore lançou uma folha no seu rosto, quase como um afago. E viu quando a mãe afastou a folha com a agressividade de costume antes de praguejar contra a casa e jurar para si mesma que sairiam dali muito em breve.

— Anaí — chamou a avó com suavidade, e ela desviou o olhar. — Os dentes.

Anaí assentiu, e a sua sombra a seguiu para o banheiro.

Anaí acordou com o barulho pouco familiar da mãe chamando a avó para o café. As vozes eram baixas, cadenciadas, como se sempre estivessem ali. Mas era segunda-feira, e Anaí sabia que a única explicação para a mãe não ter ido trabalhar era a garota refletida. Que, por sinal, também parecia saber. Seus movimentos para sair da cama foram lentos, cautelosos. Havia uma apreensão na forma como olhava ao redor.

Era a primeira vez que Anaí percebia hesitação nela.

Quando um carro parou na frente da casa, as duas viraram a cabeça em direção ao som. A mãe se levantou, e a avó olhou por uns instantes para Anaí pela porta entreaberta. Uma sirene de polícia soou lá fora.

Anaí seguiu nos calcanhares da avó, que resmungava algo que ela não conseguia entender. Pela porta aberta da casa, o vento carregava folhas da árvore velha. Anaí sentiu o cabelo balançar e, quando saiu para a varanda, viu que as borboletas amarelas tinham tomado conta dos galhos. A árvore tentava se livrar dos insetos o mais rápido que podia, e a ventania inesperada espalhava as folhas por todo canto.

Aquilo daria uma trabalheira para limpar, mas, talvez pela primeira vez, a mãe de Anaí parecia alheia ao caos da casa.

— ... e quando foi que essa segunda criança apareceu? — perguntou o policial, acompanhando a mãe para dentro do quintal de chão batido.

A mãe olhou para a avó, que deu de ombros.

— Esta semana — respondeu a mãe, com pouca convicção. — Ou talvez semana passada... Trabalho o dia inteiro, mal paro em casa...

— Ah... — retorquiu o policial. Ele olhou ao redor, para a velha e a criança, para o monte de folhas largadas no chão pela árvore, para a casa de paredes amareladas pelo tempo. O que ele viu pareceu comprovar o que presumira. — Você é desse tipo de mulher. Sei. Bom, e cadê a criança misteriosa? É essa aí atrás da velha?

A mãe se virou para Anaí e pareceu não ter certeza.

Anaí olhou para o lado e percebeu que sua fiel companheira não estava mais ali.

— Qual o nome dela, aliás? — perguntou o policial.

A mãe balançou a cabeça.

— Não sei.

— E a idade?

— Eu... ela é igual à Anaí, então 5 anos, talvez...

O homem suspirou profundamente, como se tolerar a mãe de Anaí exigisse um grande esforço.

— Tá. Entendi. Traga logo ela aqui.

A avó se sentou na cadeira de balanço espaguete, dando batidinhas na perna para que Anaí se empoleirasse ali. Ela obedeceu, e a mãe partiu para dentro de casa em busca da segunda.

Anaí olhou para o policial, que a olhou de volta. Era um homem alto, vermelho, magro, e parecia bastante contrariado por estar perdendo tempo com elas. Quando uma borboleta amarela ameaçou pousar em sua cabeça, o homem ergueu o braço para acertá-la. Aquilo pareceu deixar a borboleta mais empenhada em perturbá-lo, e logo o policial sapateava brigando com o inseto.

A mãe de Anaí apareceu na porta de grade com um olhar acusador na direção da avó.

— Onde a senhora escondeu ela?

— Não fiz nada, Lucia — respondeu a avó, no mesmo ritmo suave em que a cadeira balançava.

O rosto da mãe se endureceu.

— Onde tá a menina, mãe?

— Não sei.

A mãe olhou para o policial com uma mistura de apreensão e vergonha.

— Eu não... não tô encontrando...

Mas a borboleta, ou a mãe, já tinha irritado o homem o suficiente.

— Escuta aqui, minha senhora, você ligou pra central por dois dias seguidos, perturbou todo mundo dizendo que uma criança igual a sua filha tinha aparecido do nada na sua casa...

— E apareceu! Ela tava aqui! — insistiu a mãe de Anaí.

—... a central é pra coisa séria! Todo mundo tem mais o que fazer! Ninguém tem tempo pra perder com trote de bêbado!

— Eu não tava bêbada!

—... foi o que o chefe disse quando você apareceu por lá hoje de manhã, tagarelando a mesma loucura que disse no telefone. Por isso ele me mandou aqui. E pra quê? Pra nada! Sei que gente como você é cheia de ideias sobre a polícia, sobre como a gente é ruim com vocês e tudo mais, essas coisas que a TV adora dizer...

— Isso não tem nada a ver com...

— Mas ninguém na central é palhaço! Vai arranjar um pai pra essa criança, porque seu problema é falta de macho. E não volte a perturbar com isso de gêmeas separadas na maternidade, porque lugar de gente doida é no asilo. Vai você pra um lado e sua filha vai pra outro, me entendeu?

A mãe de Anaí abriu a boca para retrucar, mas as lágrimas afogaram suas palavras.

O policial fez uma cara de desgosto.

— Mulheres, vou te contar. Tudo acaba em choro — praguejou ele, e até a borboleta incômoda saiu do caminho quando ele marchou na direção do carro de polícia.

Havia uma fileira de borboletas amarelas no capô do carro, que ele espantou com um grunhido, antes de entrar e bater a porta.

A sirene já estava soando antes mesmo de os pneus terminarem de cantar.

— Lucia...

— É tudo culpa da senhora! — gritou a mãe.

Anaí sentiu o coração acelerar, na mesma velocidade que o vento sacudia os galhos da árvore velha.

— Lucia, pare.

— Eles acham que perdi a sanidade! — retrucou a mãe de Anaí, virando-se para a avó. De canto de olho, ela pareceu perceber a presença estranha. — Você! Onde você tava, garota?! Venha cá agora, vou te levar na delegacia...

A avó fez menção de se levantar para impedir, mas se atrapalhou com Anaí no seu colo. Quando enfim conseguiu se pôr de pé para acudir a duplicata, a mãe já a puxava quintal afora pelo bracinho.

— Lucia!

— É pro bem dela! Ela tem que voltar pro lugar de onde veio!

— Você tá machucando a criança!

Anaí sentiu as folhas da árvore no rosto, mas já não conseguia enxergar a cena direito porque as lágrimas nublavam sua visão. De alguma forma, ela sabia que o eco também chorava. Debatia-se. Olhava implorando para a mãe de Anaí.

— Lucia!

— Ela não faz sentido nenhum... — A mãe soluçou, sem afrouxar o aperto. — Tem que ter alguma explicação... Talvez um parente distante... Não é possível. Não, não é possível! Ela não pode ser igual à Anaí...

A avó respirava pesadamente.

— Você sabe o que é.

— Não, não. Não! Se a senhora vier de novo com essa história de...

— A casa cuida, Lucia.

— Não! — gritou a mãe, finalmente percebendo a forma como segurava o braço da réplica. Ela a soltou como se a mão ardesse. A mãe não era cruel. A mãe praticamente não existia. Nem cruel ela conseguiria ser. — O que essa casa dos infernos fez quando levaram meu pai? Nada! A senhora rezou, pediu, e o que aconteceu? Nada! A gente não encontrou nem o corpo pra enterrar! A casa não cuida, quem cuida sou eu! Sou eu quem mal dorme, quem trabalha o dia inteiro, quem precisa cruzar a cidade pra trabalhar, que não importa o quanto faça, ainda tem que fazer mais! Eu, eu cuido. Árvore que se mexe sozinha, borboletas amarelas, isso não resolve nada! O que resolve é dinheiro! A senhora precisa dos remédios, a gente precisa comer, essa casa todo dia parece que vai cair em cima das nossas cabeças, o que cuida é dinheiro, não pó de pirlimpimpim!

A mãe desabou no chão da varanda, e Anaí quis fazer alguma coisa. Qualquer coisa. Ela nunca tinha visto a mãe daquele jeito, tão real que nem parecia ser aquela que carregava a casa nas costas. A mãe não gritava, a mãe não respondia, a mãe não via Anaí..., mas, no curto espaço de tempo em que a garota replicada esteve ali, foi como se todos os pedaços perdidos da mãe tivessem se juntado.

Ela parecia, de repente, uma pessoa qualquer.

— Tô no meu limite — balbuciava a mãe por entre os soluços. — Não sei até quando vou aguentar. E preciso aguentar. Não tem ninguém além de mim pra aguentar. Se eu falhar, a senhora e Anaí...

A garota que não era de lugar nenhum se aproximou da mãe devagar, quase como se esperasse ser atacada de novo. Algo em sua coragem incentivou Anaí, que se sentou do lado da mãe.

— Preciso resolver isso — ela continuava dizendo a si mesma, sem olhar para ninguém. — De alguma forma. Tem algum jeito. Tem que ter um jeito.

Por instinto, Anaí sabia que não tinha. De certa forma, o choro da mãe denunciava que ela também sabia que não havia o que fazer. Talvez fosse aquilo que a assustava mais do que qualquer coisa.

Anaí ergueu a mão para tocar em seu rosto, para dizer que ela não precisava ter medo, mas a mãe afastou a mãozinha com a mesma brusquidão com que afastava borboletas e folhas amaldiçoadas.

— Não me toque, aberração — rosnou a mulher, e foi como se a mãe tivesse cortado sua mão fora.

Foi só então que algo na expressão de Anaí pareceu familiar à mãe.

— Anaí? — perguntou a mulher, sem ter certeza de quem era quem.

A menina que não era respirou fundo, e Anaí sentiu as lágrimas escorrerem de novo.

— Anaí é maior — explicou a avó, com a paciência de quem amava um ser humano imperfeito. — Tem uma cicatriz na perna de quando caiu da cadeira ano passado. O cabelo é mais escuro.

A mãe piscou, olhando para Anaí como se fosse a primeira vez.

— Eu... — tentou explicar a mãe. Para Anaí, para a avó, para si mesma. — Alguém tinha que... Eu precisava...

— Sim — concordou a avó, acariciando o cabelo daquela que era quase Anaí. — Você teve que ser forte por todas nós. Ninguém ia fazer senão você. Mas agora, Lucia, você precisa ouvir. Não fazer.

— Eu...

— Ouça — repetiu a avó.

A mãe sacudiu a cabeça, porque não entendia. As lágrimas começavam a secar, e Anaí sabia que a mãe não fazia por mal. Ela não entendia, não depois de tanto tempo tendo que fazer, fazer e fazer. Parar e ouvir era algo tão desconhecido quanto a filha que a olhava, ansiosa.

Anaí assistiu como a expressão da mãe foi se transformando aos poucos. Da frustração por se deparar com algo muito maior que sua boa e velha razão, da angústia por não conseguir fazer o que a avó pedia, do estranhamento quando a mente foi capaz de capturar os silvos do vento, do medo quando as palavras se formaram ao pé de seu ouvido.

Era um eco, nada mais. Uma oração. Uma súplica. De novo, e de novo, e de novo...

... saa...

... ve a...

... v vve ela...

... sallllve... ela...

A árvore se agitava com mais força à medida que as palavras ficavam mais nítidas. As borboletas amarelas pareciam tão nervosas quanto a menina que refletia os olhos de Anaí. Não havia mais lágrimas em seu rosto.

Por uns instantes, foi como se não houvesse nada nela.

Então a menina estava de volta. Piscando, como se precisasse se esforçar para voltar a enxergar o mundo ao redor. A mãe de Anaí também pareceu perceber como o eco se foi e voltou num estalar de segundo.

A realidade se suspendeu naquele momento, e a mãe arriscou perguntar:

— Quem... quem é ela?

— Eu. Você. Qualquer uma de nós — respondeu a avó, com a calma de quem já tinha visto de tudo naquela casa.

— Eu... Mãe... Como eu posso... — falou a mulher, ancorando-se ao que podia.

Ao que conhecia. Ao que era seguro. Ao que ela podia fazer.

A mãe de Anaí não lidava bem com a impotência. Ela tinha visto em primeira mão como a impotência era capaz de tirar tudo que você amava em uma única madrugada. A vida doía quando se era fraco. Ser forte era tudo que a mãe podia fazer para garantir que todas ficariam bem.

Mas a avó já não lhe dava atenção.

Os olhos dela estavam na árvore velha e encurvada do quintal. As borboletas amarelas cobriam todos os galhos, que se mexiam ao sabor do vento num ritmo lento demais para ser natural. A árvore esperava pela mãe de Anaí, como o restante da vida.

—... ela está bem — murmurou a avó, e as palavras soaram tão familiares que Anaí soube que as tinha ouvido por dias. Era aquilo que a avó resmungava pela casa quando a mãe de Anaí estava longe. —... ela está bem. Ela está bem. Ela está bem...

— Como ela pode estar bem? — perguntou a mãe de Anaí, e havia uma nota de desespero em sua voz. — Mal estou conseguindo alimentar e vestir vocês duas. Os preços não param de subir, o meu salário tá congelado há meses e... Ai, meu Deus, como vou alimentar outra boca, como, como... Ela não tem certidão de nascimento, como vou matricular ela na escola quando for a hora? E vacinas, será que ela tomou vacinas? Eu preciso... preciso de um advogado... Como vou explicar...

A avó olhou da árvore para a mãe de Anaí, e em seu rosto havia tanta pena que a avó de repente pareceu muito mais velha. Ela sacudiu a cabeça, devagar, como se lhe custasse continuar assistindo à filha se machucar daquele jeito.

— Você não tá entendendo, Lucia.

— É óbvio que não tô entendendo! — retrucou a mãe, sacudindo os braços em frustração. — Crianças que aparecem do nada! Ventos que falam! Árvores encantadas que... que... Talvez ela consiga voltar. Vem, vem cá, não vou te machucar. Você não quer voltar pra sua casa, pra sua família? Talvez a árvore...

Mas, à medida que a mãe avançava com passos hesitantes, a menina que não era ninguém se agarrava à perna magra da avó, como se ela fosse a única que pudesse protegê-la. Como se ela precisasse ser protegida.

... salve ela...

A mãe de Anaí parou, porque percebeu que foi longe demais.

— Não vou te machucar. Quero ajudar...

— Ora, se ajude primeiro, Lucia — repreendeu a avó, oscilando entre a pena e a severidade. Avó e mãe nunca tinham falado a mesma língua, e as frustrações se acumulavam dos dois lados. — O que é que te dá tanto medo?

A mãe olhou para a avó como se ela tivesse duas cabeças.

— Uma criança igual à Anaí apareceu do nada! O vento fala! Isso não é suficiente pra dar medo?

A expressão da avó adquiriu um tom de cansaço.

— Você é mais esperta que isso, Lucia. Chega de fingir.

— Não sei o que fazer! — confessou a mãe no grito dolorido de quem perdia o pouco controle que tinha sobre a própria vida. — Não sei o que fazer — repetiu, agora devagar, porque as palavras finalmente penetravam a armadura que tinha vestido pelos últimos vinte anos. — Eu tento, tento, e não consigo evitar achar que... que... que não vai ser suficiente. Nunca é. Tenho que fazer mais, e mais, e mais. A senhora e Anaí... Tenho medo de que não haja o que comer de novo. Tenho medo de chegar em casa um dia e descobrir que eles levaram vocês... como papai... E se eles acharem que tô louca mesmo? E se levarem Anaí? E se levarem a senhora?! A senhora não pode ficar sem os remédios... Tenho medo, tanto medo. Mas não adianta nada. Sou a única que pode proteger vocês. Preciso proteger vocês. Não tenho como ficar com medo.

Exigiu um pouco de esforço, mas a avó conseguiu se agachar nas pernas magrelas para ficar na mesma altura que os olhos marejados da filha. Ela usou uma das mãos para se apoiar no chão vermelho da varanda, deixando escapar um som de desconforto.

— Você passa tão pouco tempo dentro desta casa, Lucia...

— É porque eu tenho...

—... que nunca reparou que ninguém aqui dentro tá sozinho — completou a avó, ao mesmo tempo que a árvore velha enfim vencia a luta contra as borboletas, sacolejando os galhos finos com a força de um vendaval.

Os borrões amarelos bateram em retirada, ordenados, alinhados, tomando as formas que a mãe de Anaí sempre se recusou a ver. Primeiro, uma pessoa encurvada, com uma bengala na mão direita. As borboletas que formavam a cabeça se moveram para trás, e foi como se a figura desse uma boa gargalhada.

Anaí piscou, e as borboletas já se moviam para criar a segunda forma. Era pequena, um palmo maior que Anaí, e o modo como as borboletas se alinhavam nas pernas dava a impressão de que a figura da criança corria, dançava.

A terceira lembrou Anaí de sua mãe. Os ombros para trás, a cabeça erguida. Embaixo do braço, uma pasta.

— Pai... — sussurrou a mãe de Anaí, sem ter certeza do que via à sua frente.

— Ouça — insistiu a avó mais uma vez.

E Anaí se pôs a ouvir também, os sussurros que não diziam nada com nada, mas que ela sabia que pertenciam a uma miríade de vozes. Não eram palavras, não apenas palavras, mas pessoas, pessoas que falavam, que gritavam, que oravam, que estavam ali em tons animados, nervosos, cansados, rabugentos.

SALVE ELA!

salvamos ela

ela? salvamos sim

SALVEMOS SALVEMOS TODO MUNDO

... salvar o quê, rapaz? Você nem sabe amarrar os laços do sapato

salvo salvo salvo ela

salva você! salva ela, você!

A mãe de Anaí fechou e abriu os olhos várias vezes, afastando as lágrimas que insistiam em cair.

— Não é possível. — Ela ainda tentou, porque a mãe de Anaí não era do tipo que jogava a toalha com facilidade.

— Não é — concordou a avó, porque nem ela conseguia caminhar por aquela casa sem estranhar as coisas e as vozes que a morada colocava em seu caminho. Ela só tinha tido mais tempo para se acostumar com aquilo. — Mas acontece mesmo assim.

A garota que brotou da terra deu uma risada quando uma das borboletas amarelas tocou seu nariz. Foi uma risada tão divertida, tão espontânea, que Anaí se pegou ecoando aquela risada gostosa. Antes que ela soubesse o porquê, Anaí estava perseguindo as borboletas com a menina que não existia.

As borboletas não pareceram se incomodar. Elas saltitavam de uma garota à outra, ora moldando formas que lembravam apenas levemente pessoas, ora cobrindo os narizes, as testas, as bocas das pequenas risonhas.

A mãe de Anaí as acompanhou com os olhos. No rosto, havia uma expressão que beirava o vazio. Não havia sobrado nada mesmo. Todas as certezas que tinha construído, pedacinho por pedacinho, foram sendo arrancadas pela raiz por um vendaval desgovernado de um metro de altura e cachinhos queimados pelo sol.

— E agora, mãe? — perguntou ela, por fim.

— Agora a gente segue a vida, Lucia, em vez de correr dela.

— Corro porque a vida é horrível.

— Não — respondeu a avó com suavidade —, você corre porque tá com medo. E você não tá errada. Dá medo mesmo. Mas você não precisa enfrentar ela sozinha. Eu sou velha, Anaí é criança. Seu pai foi levado na calada da noite. A gente não serve de nada mesmo, você tá certa nisso. Mas a casa, a casa sim. A casa nunca vai te deixar sozinha. A casa vai sempre te proteger, mesmo de você. É pra isso que casas servem.

— A casa não protegeu meu pai — teimou Lucia, apenas por hábito. Sem a mesma convicção na racionalidade das palavras. Tudo havia saído do controle, e, pela primeira vez em anos, a mãe de Anaí não segurava as amarras da vida com força. Aquilo deixava um sabor amargo na boca. Todas as coisas que ela carregava nas costas haviam sido jogadas fora, de uma hora para outra. A sensação de não mais as carregar era dolorida, porque a verdade é que a gente se acostuma com o peso. Ele começa a fazer parte da gente. Tirá-lo é como arrancar um pedaço nosso. — A casa vai pagar as contas?

A avó deu um sorriso banguela.

— Talvez sim, talvez não. Venha, vamos enxugar essas lágrimas. E vocês duas, deixem as pobrezinhas das borboletas em paz, já basta essa árvore em cima das coisas delas...

No fim de semana seguinte, a mãe de Anaí não foi trabalhar no buffet de festa de criança. Aquilo significava que não haveria doces esperando por Anaí na mesa da cozinha quando ela acordasse, mas, também, que Anaí poderia se sentar no chão poeirento daquele quarto mal arejado que tinha ficado trancado por anos e olhar para a mãe. Naquele dia, a mãe não estava correndo.

Em dia de faxina, Anaí era sempre enxotada do caminho. Estava atrapalhando. Ia se molhar. A mãe não tinha tempo de reparar nela, não quando precisava esfregar tudo com vigor.

Mas, naquele fim de semana, não havia buffet e não havia faxina. Não exatamente. A mãe e a avó estavam no quarto dos fundos, aquele que guardava toda a tranqueira das gerações perdidas daquela casa.

Anaí nunca tinha imaginado ver a mãe ali. A porta estava sempre fechada, e a mulher tinha fingido por anos que aquele quarto não existia. Era menos um cômodo para limpar, menos um problema para resolver se ela apenas ignorasse sua existência.

Bastava ignorar a existência de todos que vieram antes dela naquela casa cheia de fantasmas e borboletas dançantes. Inclusive do avô de Anaí. Principalmente do avô de Anaí.

Era ali que estavam todas as coisas do avô que Anaí só conhecia pelas palavras contrabandeadas pela avó. A mãe não falava no pai dela. Tinha o trancado dentro do quarto dos fundos e jogado a chave fora muito antes de Anaí nascer. A avó dizia para Anaí que aquilo era dor, feridas mal cicatrizadas, momentos em que a mãe tinha sido fraca demais, impotente demais para lutar contra forças maiores do que ela. O pai fora levado, e não havia nada que uma criança como ela pudesse ter feito.

Aquele momento havia transformado a mãe para sempre.

— Se eu tivesse feito isso antes... — começou ela, porque era dada a se responsabilizar por tudo que entendia ser errado.

Tinha o cabelo para cima num turbante improvisado e a expressão perdida de quem estava tendo que aprender a recomeçar. Não se tratava mais de uma resposta a um trauma, pelo menos não por completo. A mãe de antes tinha sido desmanchada em milhões de pedacinhos, e naquele momento eles estavam sendo colados em outra disposição, um por um. Um dia de cada vez.

—... não estaria aqui agora, que é quando a gente precisa — completou a avó, porque a mãe de Anaí não mudaria do dia para a noite. Não, aquilo exigiria tentativa e erro, e uma casa inteira para lembrá-la do novo caminho. — Tem certeza de que não quer essa boneca, Anaí? Parece um neném de verdade.

Anaí sacudiu a cabeça, porque a boneca era esquisita demais pro seu gosto. Realmente parecia uma criança, e Anaí já tinha estourado sua cota de crianças que apareciam do nada.

— É vintage — decretou a mãe. — Vai dar um bom dinheiro. Essas louças de porcelana também. O que tem nessa caixa aí?

— Ah, é da sua tia-avó Tereza — revelou a avó, os olhos se iluminando de alegria. — Ela sempre tinha um docinho pra gente. Veja, ela não era bonita? Fazia muito sucesso por aí, mas não casou. Vai saber o porquê.

As duas meninas rodearam a caixa, vasculhando os tesouros ali escondidos. Fotografias velhas, algumas danificadas demais para que se reconhecesse os rostos. Um restinho de perfume num frasco. Livros solenes com capas amassadas. Uma botina bem conservada.

A réplica de Anaí sacudiu um objeto retangular cintilante.

Patie

O brilho chamou a atenção da mãe de Anaí. A mulher piscou algumas vezes, apenas para ter certeza de que estava vendo certo.

— Meu Deus... Isso é um isqueiro de prata?

— Parece — comentou a avó, estreitando os olhos para ler a gravação no objeto. — De Pilar para Tereza. Cinco anos.

— Quanto... Meu Deus, isso deve valer um bom dinheiro.

— Quem sabe dinheiro suficiente pra você pegar uma licença do trabalho da noite — sugeriu a avó, como quem não queria nada. — Pelo menos por um tempo.

A mãe de Anaí riu com suavidade.

— A senhora não desiste.

Lá fora, elas ouviram um carro se aproximar e estacionar. Ninguém estava esperando visitas, por aquela razão as duas crianças se entreolharam naquele ritmo sincronizado ao qual já tinham se acostumado. A avó estava de pé e foi até a janela olhar quem vinha.

— A polícia voltou — anunciou ela, estalando a língua.

A mãe olhou para Anaí, e depois para a garota ecoada.

— É minha culpa.

— É — concordou a avó —, mas você é boa de resolver as coisas, Lucia.

A mãe se levantou com um sorriso triste.

— Pensei que esta casa não quisesse que eu resolvesse as coisas.

— Que nada — retrucou a avó, achando graça. — A casa só quer que você divida o peso com ela. Vamos lá, use suas palavras de mulher estudada contra eles.

A mãe de Anaí respirou fundo, como quem se prepara para subir uma montanha, e foi. A avó e Anaí seguiram, deixando o eco para trás. Anaí podia ouvir os galhos da árvore se alvoroçando, e, quando alcançou a varanda, viu as borboletas amarelas enfileiradas em cima do portão de grade. Elas pareciam olhar para o carro de polícia com atenção, esperando qualquer movimento em falso.

O policial que saiu de lá não era como o de antes. Era estranho pra Anaí, na verdade, ver um policial da mesma cor que a dela. Ela tinha ouvido a avó contar sobre o avô no uniforme azul engomado, mas ver era muito diferente de ouvir as histórias cochichadas pela avó. Na imaginação de Anaí, policiais eram sempre assustadores, intimidantes. Prontos pra atacar.

Nem outros policiais se salvavam daquele tipo de ataque. O avô perdido de Anaí fora um bom exemplo daquilo.

O policial que vinha agora era diferente. Ele olhava para o topo do portão coberto de borrões amarelos com a curiosidade de quem sabia que se deparava com algo maior que ele.

— Quanta borboleta por aqui.

— É a árvore — explicou a mãe de Anaí, toda sensata, abrindo o portão menor. — Elas são apaixonadas por essa árvore velha. Vai saber o porquê.

O homem assentiu, um pouco pensativo.

— Ah, sim... Bom, a senhora é Lucia Carvalho?

— Sim, senhor.

— Meu nome é Augusto. Vim porque na semana passada a senhora ligou pra central algumas vezes falando sobre uma criança igual à sua que apareceu na sua casa... Uma viatura veio verificar a denúncia, não veio?

— Sim... — confirmou a mãe, hesitante.

— A recomendação do relatório não foi muito boa. A senhora quer me explicar o que foi que houve? Preciso fechar a denúncia ainda hoje.

Anaí viu quando os ombros da mãe relaxaram num suspiro.

Árvores nervosas e fantasmas em forma de borboletas amarelas não eram o forte da mãe de Anaí. O que ela sabia fazer muito bem era encontrar explicações racionais e lógicas para justificar o injustificável quando era atropelada pela casa. O alvo daquelas explicações extremamente coerentes costumava ser ela mesma, mas, quem sabe, talvez funcionasse com os outros também.

— Foi tudo culpa minha, seu policial — começou ela, num tom arrependido que tentava soar convincente. — Eu trabalho muito, sabe? O dia inteiro, todos os dias. Minha filha não tem pai, minha mãe é muito doente... Um dia cheguei tão cansada que achei que vi duas crianças. Não sei o que me deu. Agora tô bem, tô com a cabeça no lugar. Sinto muito, muito mesmo por ter perturbado vocês com isso. Sei que a polícia é ocupada. O meu corpo só não aguentava mais, e eu não tava ouvindo ele. Acabei vendo coisa que não existe.

O homem olhou para a mãe por uns segundos antes de encontrar o olhar de Anaí sobre o ombro da mulher.

Ele não parecia nem um pouco convencido do que a mãe de Anaí dizia, mas também não parecia ser do tipo que insistiria.

Custou-lhe alguns segundos, segundos que Anaí e a mãe se pegaram prendendo a respiração em antecipação, mas, por fim, o policial concordou com a cabeça.

— Tudo certo, então. Vou finalizar o chamado.

Já a avó não parecia nem um pouco abalada pela hesitação do homem. Antes que Anaí percebesse que ela não estava mais ao seu lado, a avó cruzara o quintal na direção do policial com uma agilidade que não denunciava seu velho coração.

Ela parou um pouco antes do portão, bem embaixo da sombra da árvore.

— Você é o filho do Paulo, não é? O mais novo.

O policial pareceu surpreso por ter sido reconhecido.

— Sim. Sim, eu sou.

A avó abriu um sorriso sem dentes para ele.

— Otávio teria ficado feliz de te ver assim, tão crescido. Você dizia desde cedo que queria ser policial.

— Eu não teria chegado aqui sem a ajuda dele — respondeu o homem, um pouco solene.

Uma folha foi soprada até seu rosto, e ele a afastou com a suavidade de quem não devia nada à vida.

— E a gente não teria saído dessa confusão sem sua ajuda — concluiu a avó, com ares de sabedoria. Ela sorriu mais uma vez. — Obrigada, Augusto. Que Deus te ajude nesse caminho difícil que escolheu.

— Eu não fiz nada — garantiu ele depressa, um tanto sem jeito. — Esses casos que ninguém quer sempre acabam parando comigo e reconheci o endereço, por isso... É, é isso. Que bom que foi tudo resolvido. Já vou indo, então. Se cuidem, anda ventando muito por estas bandas ultimamente.

A avó acenou com a mão, cheia de boa vontade, e Anaí se aproximou da mãe, que passou o braço por seu ombro. As três ficaram ali, assistindo ao carro se afastar, na companhia das borboletas amarelas.

— A senhora acha que ele ajudou? — perguntou a mãe de Anaí depois de um tempo.

— Não, mas agora ele vai.

— A senhora, hein, dona Carla, boa manipuladora... — A mãe estalou a língua enquanto fechava o portão.

— *Minha filha não tem pai, minha mãe é muito doente...* — A avó gargalhou, divertida, imitando a mãe de Anaí.

Anaí não estava pronta para sair do abraço da mãe, então continuou agarrada à cintura dela enquanto caminhavam para dentro da casa. Para sua surpresa, a mãe respondeu colocando-a no colo antes de voltar a andar.

— Foi uma resposta completamente razoável — defendeu-se ela. — Bem do jeito que a polícia queria ouvir. Eu tava louca, mulheres sem marido fazem besteiras, blá-blá-blá.

— Foi mesmo — concordou a avó, ainda com ar de riso. — A gente acabou formando um bom time.

— Pior que foi mesmo. — A mãe de Anaí riu. — E onde tá a segunda? A polícia já foi, ela pode aparecer.

A avó parou e olhou para dentro da casa. A mãe de Anaí parou ao seu lado, incerta sobre o que a avó via, mas esperta o suficiente para entender que não adiantava interromper o que quer que a casa aprontava naquele momento.

Alguns segundos depois, a avó apertou os lábios de um jeito triste.

— Acho que ela já foi, Lucia.
— Já foi pra onde? Tá tudo bem agora, o policial...

A mãe parou de falar, por fim entendendo o que a avó tinha dito. Era estranho para a mãe, aquele mundo sem lógica. Num momento havia uma nova criança a alimentar, vestir, criar. No outro, a nova criança se ia, deixando como rastro apenas aquelas pessoas que ela havia transformado.

Não havia regra, ou ordem. As pessoas só se iam quando tinham que ir.

E a casa deixava que fossem.

Por mais que doesse em quem ficava para trás. Afinal, cuidado também era negar o que o outro queria. Cuidado também era tirar o que o outro pensava que não podia viver sem.

Cuidado era ouvir a súplica de um pai que não pedia pela própria vida, mas pela vida da filha que chorava desesperada diante das injustiças do mundo. Era prometer que a protegeria custasse o que custasse.

Até dela mesma. Especialmente dela mesma.

Uma brisa suave soprou, como se a velha árvore erguesse a mão para confortá-las pela ausência daquela que nunca tinha sido delas. Era temperamental sim, a árvore corcunda, mas era porque ela se importava demais. Os cabelos de Anaí e da mãe balançaram, e a menina aproveitou para colocar os braços ao redor da mãe e abraçá-la.

Naquelas semanas, Anaí tinha aprendido que se esconder atrás do muro que a mãe tinha construído entre elas não ajudava tanto quanto ela pensava. Anaí lhe emprestaria coragem, um abraço de cada vez, até que a mãe conseguisse colar de novo todos os pedacinhos de si que havia perdido pela casa.

— Ah... Sim. Certo — disse a mãe, por fim.

— Ia acontecer mais cedo ou mais tarde — lembrou a avó, num tom que buscava consolar todas elas, as deixadas para trás.

— É. Tomara que ela fique a salvo — desejou a mãe, porque era dada a se preocupar com as praticidades da vida.

Antes de entrar na varanda, porém, ela hesitou, e se virou com Anaí para a árvore velha em busca de um vislumbre da mulher que pedia com tanto desespero que sua filha fosse salva.

Anaí também olhou para a árvore com atenção, mas nada nela denunciava os ecos que a habitavam de tempos em tempos. As borboletas amarelas saltitavam, os galhos tentavam chacoalhá-las, a brisa soprava e a vida seguia.

A vida sempre seguia.

— A senhora acha que ela voltou pra casa dela?

— Hum... Difícil dizer. Talvez ela nunca nem tenha saído da casa dela — sugeriu a avó, pensando longe.

A mãe respondeu com um sorriso vacilante, tentando vencer a luta contra uma cabeça que dizia que aquilo não era possível. Então fez uma careta.

— E você, dona Árvore, pare de soltar folha o tempo inteiro — mandou, voltando a caminhar na direção da casa. — Vai ficar careca nesse ritmo.

Anaí soltou uma gargalhada divertida quando a mãe sorriu de modo conspiratório para ela. Atrás das duas, a brisa soprou mais forte, os galhos chacoalharam com mais vontade, e Anaí quase pôde ouvir o eco da risada da árvore velha e encurvada no vento.

> In memoriam *da tia Lúcia e da tia Carla.*
> *Eu não estaria escrevendo se não tivessem me ensinado minhas primeiras letras.*

Tempo preso em uma garrafa

Valquíria Vlad

Amara

Quando a chinela se prendeu na tábua solta do piso da sala, uma sensação úmida escorreu por suas pernas, acompanhada de uma dor lacerante.

Amara sempre soube que aquele dia chegaria. Aguardava-o havia trinta e oito semanas e quatro dias, de forma inconsciente. Para o lado consciente, o tempo era consideravelmente menor, cerca de seis meses, quando usou um teste de farmácia pela primeira vez na vida. E, por mais que o volume na barriga aumentasse semana a semana, a gravidez nunca tinha parecido tão real.

Até aquele momento.

Minutos antes, Amara pressionara o volante com força enquanto dirigia pelas ruas de uma cidade encharcada sob o céu escuro. Na verdade, encharcada era uma palavra fraca para descrevê-la. Inundada talvez se encaixasse melhor. Após dias de uma chuva intermitente que ainda perseverava, metade das avenidas e alamedas já estava comprometida. Ao passo que o nível da água ia subindo naquelas regiões, as famílias que por lá moravam iam sendo expulsas pela natureza, uma por vez, obrigadas a deixar seus bens e lares para as águas.

Não era a primeira vez que isso acontecia, e Amara duvidava que seria a última. Era um dos motivos pelos quais Amara teria deixado aquela cidade havia muito tempo, tal qual fizera a maioria dos seus familiares. Mas aquilo não dependia só dela, e seu futuro parecia moldado por estranhos engenhos que a mantinham ali, naquela rua, naquela casa. A prova disso foi que, quando o velho Fiat a levou até a fronteira da cidade baixa, Amara se viu obrigada a girar o volante, roçando-o desconfortavelmente sobre a barriga, e dar meia-volta. No meio da estrada, um buraco grande o suficiente para soterrar meia dúzia de casas ocupava as duas vias, impedindo quem estava fora da cidade de entrar e, principalmente, quem estava dentro dela de sair.

Amara pressionou os lábios em uma linha fina, a mesma expressão resignada que sua mãe costumava fazer quando estava consternada com algo. A sensação perdurou até o muro amarelado do sobrado — *da casa em que nasceu* — começar a se erguer, metros à frente. Ela tirou o pé do acelerador, pronta para estacionar o carro sob a enorme quaresmeira do lado direito da entrada principal, que, fizesse chuva ou fizesse sol, estava sempre exuberante com a copa arredondada e cheia de folhas verde-escuras. Desligou o motor com um som engasgado. O couro do volante estava tão frio quanto sua testa ao repousar a cabeça nele para tentar aliviar a dor nas costas que a vinha incomodando desde que acordara. Amara se permitiu, enfim, respirar.

Ela precisava de uma saída. O tiquetaquear da tempestade no teto do carro e do vaivém do para-brisa era um lembrete constante de que o tempo estava passando, em alta velocidade. Tão veloz quanto a incerteza era capaz de corroer uma mente sã. Involuntariamente, seus olhos se ergueram do painel e focaram no fundo do terreno, muito depois do sobrado, onde, ela sabia, o rio subia de nível a cada baforada de ar que saía de seus pulmões.

A incógnita que a paralisava é que Amara não tinha como saber o quanto e quão rápido aquela água subiria, se o sobrado inundaria, se o segundo andar seria alto o suficiente para manter ela e a avó seguras até a chuva passar. Quando aquela chuva passaria? Por quanto tempo ficariam ilhadas, ou quando uma equipe de resgate as priorizaria? O resgate chegaria? A melhor das hipóteses seria seguir o exemplo das outras famílias e deixar a cidade baixa, procurando abrigo nos municípios vizinhos. Mas mesmo aquela opção havia sido tirada de suas mãos, considerando o buraco na estrada e a correnteza do rio que era forte demais para atravessar a nado para a cidade alta. Não que sua avó fosse capaz de nadar naquela idade, ou Amara, com a gravidez.

— Isso está fora de cogitação — sussurrou para si mesma, xingando-se por não ser capaz de encontrar uma solução. — Droga, droga, droga!

Socou o volante três vezes, liberando uma buzina involuntária no último soco, que a tirou do acesso de raiva. Dali a pouco, a velha apareceria na porta do sobrado e, se Amara tardasse a sair do carro, ela acabaria descendo da varanda para a chuva.

Contenção de problemas, foca na contenção de problemas, pensou.

Fechando a porta do carro em uma jogada desajeitada do quadril, Amara se encolheu dentro da capa de chuva quando a ventania a açoitou junto da tempestade. A peça não era grande o suficiente para se fechar junto à protuberância da barriga, deixando boa parte do corpo exposta. Correu o mais rápido que a gravidez permitia até a escada da entrada. A avó já estava abrindo a porta, caminhando em sua direção com uma toalha seca nas mãos.

— Nadira, saia da chuva, menina. Saia da chuva!

— *Abuela*! — exclamou Amara ao se aproximar, apanhando a toalha para secar o rosto. — Não estou na chuva porque quero; é impossível sustentar um guarda-chuva com essa ventania. E não me chame de Nadira, por favor, odeio esse nome.

— Bom, se vamos colocar os pingos nos is, também não gosto de *abuela*. Parece seu pai falando.

— Você nunca gostou dele mesmo.

— Anda, menina, vamos entrar.

A avó pousou as mãos em seus ombros, guiando-a para a sala. Tão logo entrou, Amara largou as chaves do carro no aparador, removendo o casaco molhado em seguida. No calor da casa e com as portas e janelas fechadas, a tempestade não parecia tão traiçoeira.

— Dirigi até a fronteira, mas é impossível sair por lá. A estrada está bloqueada, não dá para passar.

A avó assentiu, aceitando o fato com tranquilidade.

— Então vamos apenas ficar em casa, sim? Sem mais viagens não programadas.

— Não podemos ficar aqui. Não sabemos quando essa chuva vai parar, e metade da cidade já está comprometida... *Abuela!* — gritou, chamando a avó quando ela lhe deu as costas, pisando firme em direção à cozinha.

— Não vou deixar minha casa — decretou a avó, sem espaço para contra-argumentos.

Com quase 80 anos de idade, a avó, Anaí, era uma pedra rígida ao tomar uma decisão; sofria erosão com pequenas concessões, só saía do lugar se algo ou alguém a movesse.

— Será que não percebe a gravidade da situação? A prefeitura já soou o alarme três vezes. Três vezes! Deveríamos ter ido embora dias atrás, quando eu *implorei* para fazer suas malas.

— E deixar você dirigir neste estado?

— É realmente minha gravidez que a preocupa? — Amara a seguiu até a cozinha, parando na soleira da porta. — Ou é alguma outra coisa que a senhora não quer me contar? Tem a ver com a casa, *abuela*? Diga de uma vez!

Sua avó, que estava prestes a acender o fogo para a chaleira, virou-se para Amara. Queixo levemente erguido, postura ereta, lábios apertados.

— Não vou deixar a casa.

Amara franziu a boca e engoliu o bolo preso na garganta.

— Isso tem a ver com a tal história da "proteção"? Nós vamos, eu e meu bebê, ficar expostos a uma zona de risco, numa gravidez de risco, por causa de uma lenda que você contava para seus filhos dormirem?

— Sei bem que você não acredita nessas coisas, mas isso não lhe dá o direito de questionar no que *eu* acredito. Assim como seu pai também não tinha o direito de me questionar. Ou sua mãe. Ou qualquer outra pessoa desta família. Eles não estavam aqui quando tudo aconteceu.

Amara piscou algumas vezes seguidas, em parte para conter a poça de raiva que se acumulava em seus olhos, em parte para afastar as duras palavras das quais se arrependeria depois. Lá fora, um dos galhos da quaresmeira bateu com força no teto do carro.

— Não vou ficar aqui ouvindo isso.

Havia dado poucos passos de volta para a sala quando sentiu a chinela emperrada numa tábua solta, mas não teve tempo de xingar aos quatro ventos, pois notou na hora, com temor, que água escorria por entre suas pernas. E, com ela, um puxão que parecia vir da parte mais profunda de seu ventre.

Rio

Rio gostava de olhar pelas janelas do prédio vizinho quando criança. Parecia mais fácil apenas observar a rotina das famílias que lá viviam em vez de tentar desvendar as coisas que apareciam em sua cabeça, sempre tão desconexas. Era ao se desligar daquele intrincado jogo de sombras, sensações e sussurros que a paz lhe agraciava. Ali, à janela do décimo terceiro andar, saber o que o homem sentado no sofá fazia enquanto rolava a tela do celular não importava. Ou que fantasmas rondavam a mente da senhora de meia-idade que tomava banho de sol na varanda, seis andares abaixo. Suas vidas não lhe interessavam. Eram apenas formas físicas em movimento, tão sólidas quanto o concreto do parapeito da janela em que se apoiava.

Mesmo naquele momento, tantos e tantos anos passados, era como se voltasse a ser criança toda vez que parava e olhava por uma janela. O cenário lá fora podia até não ser o mesmo; o prédio de fachada desbotada cedera lugar a um condomínio de luxo para a melhor idade e, em vez do parapeito frio, longas paredes feitas inteiramente de vidro, à prova de som.

Um refúgio quase perfeito.

Mas, como nem tudo era tão perfeito assim, por maior que fossem os esforços empregados, a paz de seus pensamentos não resistiu ao barulho caótico dos telefones na recepção. Não eram tão irritantes quanto os toques de antigamente, Rio lembrava bem disso, mas tinham um quê de soberbo em suas notas minimalistas, e aquilo era o que lhe irritava.

— Podemos seguir? — perguntou a recepcionista do balcão número dois. — Nossa equipe precisa fazer alguns ajustes de som antes de o programa começar.

Mesmo sabendo que o sorriso que ela lhe oferecia era apenas fruto de um longo treinamento — *ou excesso de botox* —, Rio respondeu, sorrindo de volta:

— Não vamos deixá-los esperando então.

Pouco depois, saindo do elevador para o sexto andar daquele prédio comercial, Rio adentrou pelo que parecia a centésima vez os estúdios de uma estação de rádio. Mas não qualquer estação de rádio; tratava-se da rádio de uma das famílias mais ricas da cidade, pois somente uma grande quantia em herança familiar daria sustentabilidade para tal negócio depois da última grande onda de migração dos meios de comunicação para o digital. Aquela era a mesma família que praticamente havia reconstruído a parte alta que, não muito tempo antes, não passava das ruínas de uma antiga fazenda. Rio havia visto aquela parte da cidade renascer com os próprios olhos ainda criança. Lembrava-se de ver o comercial de TV, durante o intervalo entre o *Jornal Nacional* e a novela das nove, exibindo a maquete da cidade planejada, com casas de grama sempre verde, prédios luxuosos e as tais "famílias tradicionais" tomando café da manhã à mesa posta. Lembrava-se também de como sua bisavó dava risada sempre que via aquele comercial, chamando-o de *importação estadunidense dos anos 1950*, por mais que Rio, naquela idade, não soubesse o que aquilo significava. Mas lembrava-se, principalmente, de como aquele lugar lhe parecia... inacessível. Um lugar perfeito construído dentro de muros altos, no alto dum morro que carregava o nome do dono da antiga fazenda — que morreu pisoteado por búfalos, *pobre homem* —, do outro lado de um rio que dividia a cidade em duas.

E Rio havia atravessado a fronteira. Mas a que custo?

Rio apertou a mão estendida dos locutores do programa, um homem e uma mulher, xerocopiados dos... bem, de todos os outros funcionários que havia visto até então. Eles aguardavam lado a lado na porta de um dos estúdios de gravação. A mulher com cabelo de corte chanel enrolado por babyliss foi quem falou primeiro:

— *Mar!* É um prazer te receber em nossos estúdios, e muito obrigada por encaixar essa entrevista na sua agenda assim, tão em cima da hora. Sempre fui fã do seu trabalho e estou ansiosa pelo nosso papo hoje.

— Na verdade, meu nome é Rio... E, imagine, é um prazer.

Rio olhou para a própria mão que havia acabado de usar para cumprimentá-los, sentindo nada além de frieza e uma estranha palidez em seus dedos largos, evidenciado pelo tom de fundo arroxeado na pele negra.

— Eu sabia que era alguma coisa relacionada com água. Não te disse, Jorge?

— A Ivy aqui sabe *quase* tudo sobre você. Ela não parou de falar nisso a semana toda — revelou o homem, fazendo um gesto como se não fosse nada de mais. — Espero que tenha feito uma boa viagem até aqui, com esse tempo instável. Mas uma chuvinha assim até que cai bem, depois de todo aquele calor, não é?

— Ah, achei que estivesse chovendo há dias.

— É mesmo? Como foi que perdi isso?

— Ouvi dizer que algumas ruas lá na baixa ficaram alagadas — comentou Ivy. — Mas não sei se acredito. Com a tecnologia que temos hoje para escoar a água, isso é algo muito difícil de acontecer. Você por acaso viu alguma zona de alagamento no caminho até aqui?

Rio não precisou pensar duas vezes antes de responder:

— As ruas da cidade alta parecem *limpas* — comentou ele.

Nenhuma avenida esburacada, ninguém morando nas ruas...

— Ah, está vendo? — O locutor riu, colocando as mãos nos bolsos da calça de alfaiataria. — Tudo neste lugar cheira a eficiência. Não acredite em nada do que vem daquele lado, Ivy. Muita informação manipulada. Você, melhor do que ninguém, deve saber filtrar bem suas fontes, com o perdão do trocadilho.

De fato, pensou Rio, *saber filtrar o que se recebe é importante.* Demorou até aprender a fazê-lo. Não que soubesse bem o que fazer com as informações uma vez que as recebia.

— Muito bem, estamos quase prontos para começar — informou Jorge momentos mais tarde, no estúdio de gravação, ajustando o microfone de Rio à altura do queixo. — Quando falar, tente sempre direcionar a voz para o microfone, e o som ficará perfeito.

Rio se sentou em um banco elevado, sem encosto e bastante desproporcional à sua figura corpulenta, mas o pensamento de solicitar a troca do banco se esvaiu tão logo surgiu. Não era somente o assento que lhe incomodava. Estar na companhia de outras pessoas era por si só um desconforto. Ia além das sensações empíricas. Não se tratava do cheiro que exalavam, do toque não solicitado, da atenção demandada. Ao mesmo tempo, não era capaz de se afastar delas. Ou se permitia caminhar por entre suas sombras, ou seria consumide por elas.

Ivy e o locutor se sentaram do outro lado de uma grande mesa redonda, centralizada em um estúdio de gravação cujas paredes eram cobertas por espuma do teto ao chão, um padrão interrompido apenas por mais uma janela de vidro e uma porta. Do outro lado da janela, via-se a mesa de gravação e o técnico operador, muito concentrado no painel digital à sua frente; não que ele fosse configurar coisa alguma, a máquina trabalhava praticamente sozinha. Dentro da sala, naquele prédio, na parte alta, com o silêncio entranhado em cada partícula, quase era possível se esquecer do dilúvio que banhava as ruas do outro lado. Quase. Havia coisas das quais Rio jamais poderia se esquecer.

Seus entrevistadores, numa cena que seria cômica se não parecesse tão intimidadora, cruzaram as mãos sobre a mesa em um movimento perfeitamente coordenado. A luz vermelha do letreiro acima de suas cabeças piscou e acendeu.

Estavam ao vivo.

Amara

— Não é a hora, bebê, não é a hora...

A água que escorria por entre suas pernas não deveria assustá-la mais do que o barulho pesado da água na calha, mas assustava. Sentada na poltrona da sala, apertando o braço estofado com força o suficiente para as unhas perfurarem o objeto, uma boa parte do cérebro parecia comprometida em pressionar o ventre com força, mas não para expelir a criança, como seria de se esperar.

Não, Amara gostaria de mantê-lo lá *dentro*.

— O que eu faço, o que eu faço? Você não pode nascer agora.

— Ele não deveria vir daqui a duas semanas? — perguntou a avó, cobrindo Amara com um xale que ela própria coseu. — Céus, você ainda está ensopada, vai congelar desse jeito.

— Você realmente acha que me importo com frio numa hora dessas? — Amara gemeu, em parte para externar seu temor, em parte pela dor acalorada que começava a se espalhar das costas para a frente da barriga.

— Acredite em mim, vai se importar. Você tem agora uma longa tarde pela frente, e noite, se duvidar.

— O quê? Quanto tempo um parto pode levar?!

Elas trocaram um olhar carregado que, pela primeira vez em anos, parecia cheio de significados, mas nenhum deles emoldurava as muitas farpas que pareciam perdurar nos últimos anos. Como o fato de Amara ter sido a responsável pela morte dos pais, por ela ter engravidado fora do casamento, por não ser a neta dos sonhos da avó...

— Precisamos marcar o intervalo das contrações, para saber quando você estiver perto — informou a avó, olhando o antigo relógio na parede da sala, sobre o sofá. — Também vou trazer o aquecedor e algumas toalhas.

Enquanto sua avó se preocupava com os aparatos, Amara colocou uma das mãos na barriga e com a outra sacou o celular do bolso da calça. Sabia que não poderia ligar para o posto de saúde, que tinha sido evacuado havia dias, e os pacientes transferidos para as cidades vizinhas. Ali, na chamada parte baixa, não havia um hospital que pudesse atendê-la. Quando criança, costumava brincar dizendo aos colegas de escola que morava em uma cidade abandonada. A piada perdeu a graça com o passar dos anos. E que prova maior para tal declaração do que aquele momento? Com exceção das autoridades locais, Amara não vira uma força-tarefa do famoso corpo de bombeiros da cidade alta, nenhum helicóptero ou a van de um veículo qualquer de comunicação. Nenhuma reportagem na TV, muito menos um plantão. Embora não tivesse ideia de quantas, tinha plena consciência de que pessoas estavam morrendo nos arredores; afogadas, arrastadas pelas enxurradas, soterradas por deslizamentos ou simplesmente ilhadas, como ela, sem ter a chance de fugir da própria casa. Muitos dependiam dos vizinhos para serem salvos. Pessoas que ela poderia ter conhecido, em algum momento. Será que a cidade baixa não era digna de nota? Por que suas vidas pareciam valer menos em comparação?

Amara voltou o olhar para a janela da sala, que dava para os fundos da casa, para o rio e o morro depois dele. Lá no alto, passando a colina, havia a outra metade da cidade. E daquele lado, Amara sabia, não havia uma mãe solo como ela, em trabalho de parto como ela, com as mesmas preocupações que ela.

— Ninguém daquele lado de lá vai vir aqui, Nadira.

Amara não havia escutado a avó retornar para a sala. Ela estava parada ao seu lado, com o aquecedor nos pés e uma muda de toalhas jogadas sobre os ombros e braços. Mas o que assustou Amara foi seu olhar complacente. Não havia dúvidas em sua expressão de que acreditava no que dizia. E ela também não parecia sentir raiva por causa daquilo. Raiva era um sentimento catalisado, em grande parte, pela frustração. E a avó, Amara sabia, jamais criaria qualquer expectativa no que dizia respeito à cidade daquele lado.

— Não sei o que fazer, *abuela*. Não consigo fazer isso sozinha.

O rosto cheio de marcas do tempo, de pele vários tons mais escuros que a de Amara, se contorceu em um sorriso entristecido. A avó puxou o banquinho que usava para apoiar os pés quando ficavam inchados e se sentou perto dela.

— Você não está sozinha, filha. Só aqui, nesta sala, tem uma família inteira com você. Mesmo que nossos olhos não sejam capazes de vê-los.

E, mesmo sem acreditar em sua fé invisível, mesmo se sentindo desde sempre uma intrusa naquela família poderosa de mulheres quando ela parecia não pertencer a lugar algum, parte de Amara começou a torcer para que a avó estivesse certa. Porque, no instante em que seus olhos focaram de novo na janela, ela percebeu que a água do rio já avançava sobre o quintal de casa, e não demoraria muito para começar a invadi-la.

> JORGE *Olá, olá, ouvintes! Falando diretamente da Alta Rádio, eu sou Jorge Sampaio.*
> IVY *E eu sou Ivy Moreno.*
> JORGE *E se você está aí, nesse clima gostoso de chuva, procurando algo para fazer, que tal se aventurar conosco em um contato inédito com "o outro lado"?*

Amara e a avó quase pularam nos assentos quando a voz do locutor da rádio quebrou o silêncio. O aparelho empoeirado, gasto e semi-inutilizado ligou de repente, sem que ninguém o acionasse, e o som que preencheu o vazio do ambiente era nítido e evidente.

— Como é que essa coisa ainda funciona?

> IVY *Rio Sensório é um fenômeno nas redes sociais. Com mais de dois milhões de seguidores, ganhou fama a partir de uma habilidade inusitada: previsões. Entre consultas particulares e uma turnê pelo país, Rio encontrou espaço na sua agenda para falar conosco da Alta Rádio. Começando com a pergunta de uma ouvinte do Mato Grosso do Sul, ela quer saber: "fato ou fake: seu nome não é Rio"?*

Depois de passar por uma contração especialmente forte, Amara murmurou:

— *Abuela*, desliga isso.

Era preciso dar créditos à avó. Não foram poucas as tentativas e botões apertados, no objetivo de desconectar a estação de rádio ou fazê-la parar de funcionar. Em última instância, a *abuela* tentara desconectar o cabo da tomada, a solução mais definitiva possível, mas os pinos pareciam grudados na parede, agarrados e engolidos por ela. Anaí olhou para as paredes, para o teto, os móveis da sala, e um uivo sofrido atravessou o cômodo. Fruto da tempestade ou de sua imaginação? Olhou para a tomada novamente. Ela estava levemente solta do gesso, a placa rachada, como se algo tentasse emergir do solo através dela.

— Querida, acho que não temos muita opção. Não consigo desconectar.

— Não acredito que vou parir meu filho ouvindo essa rádio sensacionalista — choramingou Amara, sentindo o intervalo cada vez menor entre as ondas de dor.

O avanço da água e as contrações concorriam entre si para ver quem a arrastaria primeiro: quanto mais rápido vinham os espasmos, mais próxima a água parecia estar. No telhado, o tique-taque da tempestade continuava sem cessar.

> RIO *Isso está aberto a interpretações. Devemos crescer e morrer dentro da caixinha em que nos colocaram ao nascer, ou adotar a identidade com a qual realmente nos identificamos? Rio foi o nome que escolhi adotar para a vida que quero levar.*
>
> JORGE *E que vida seria essa? De médium, clarividente? Qual é sua habilidade, afinal?*

— *Abuela*! Isso está começando a doer...!

Amara se remexeu na poltrona, suas costas se contorcendo na tentativa de aliviar o incômodo crescente, o gemido abafado apenas pelo som de um trovão.

— Eu sei, querida, eu sei. — Apesar da criticidade da situação, a avó parecia estranhamente calma. Eram dois extremos convivendo sob o mesmo teto, ansiedade e irritabilidade de um lado, serenidade e sabedoria do outro. — Tente conversar no intervalo das contrações, sim? Talvez isso a ajude a se distrair da dor, mas logo vamos começar a empurrar, está bem? Vamos, deixa eu te ajudar a vestir algo mais confortável.

Amara suspirou, aliviada, quando os tecidos gelados foram substituídos por toalhas secas e uma camisola de algodão. Em vez de voltar para a poltrona, já esgarçada com seus apertos, Amara se recostou no sofá-cama, mais confortável, sabendo que precisaria do espaço extra para ter mais mobilidade quando a hora chegasse. Acomodou-se numa posição em que ficava meio sentada, meio deitada. Afastou os pés e arqueou os joelhos, como vira várias vezes nas séries de TV. O choro que ameaçava subir pela glote foi engolido em seco, com um rápido franzir de lábios. Nunca havia participado de um parto. Inspirou uma longa rajada de ar e soltou como um balão de festa se esvaziando.

Naquele coração apertado, não havia espaço para a expectativa pelo nascimento. Amara gostava de pensar que, se o caminho que a levara até ali houvesse sido piedoso, e talvez até um pouco mais privilegiado, estaria dando à luz numa banheira de água morna (como naqueles vídeos de parto humanizado), acompanhada de seus entes queridos e uma doula, em um clima propício para o que seria a maior transformação de sua vida. Em vez disso, o que ela havia recebido era uma sala entulhada de móveis velhos, numa casa que refletia ela própria: sufocada em meio à tempestade, perdida no olho do furacão.

Então não, Amara não ansiava pelo nascimento da criança. Apenas a angústia, tão profunda quanto a parte mais funda daquele rio, a engolia em vácuo, repuxando, sugando e esmagando qualquer sentimento contrário, até não sobrar nada. Mas talvez houvesse espaço para a culpa, percebeu. Em especial, culpa por ter ignorado aquela gestação por nove meses inteiros, fingindo que não seria responsável por mais um ser vivo num mundo que não ensinava nada além de crueldade e sofrimento. Amara estava certa daquilo. Não sofrem todos?

Não sofremos todos?

    RIO *Há muitos nomes para o que sou capaz de fazer, mas eu, particularmente, prefiro não usar esses rótulos. Eles vêm carregados de conceitos preconcebidos sobre o que são, como funcionam e, mesmo tendo convivido com isso boa parte da vida, não acho que seja possível explicar como de fato a coisa toda opera. Eu diria que sou um tipo de limiar, uma ponte entre os caminhos, um rio que segrega, mas também une. Meu nome não é algo em vão. Ele representa tudo aquilo que sou: um ser líquido. Meu curso é infinito. Começou lá atrás, com quem nasceu antes de mim, e vai continuar por muitos anos depois que eu já não estiver mais aqui.*

— Você ficou chateada, *abuela*, quando descobriu que eu estava grávida? — perguntou Amara, de repente, evitando os olhos da avó. — Ficou decepcionada comigo?

Amara sentiu a avó inspirar e expirar profundamente, encontrando espaço para si no sofá ao lado da neta. A avó passou um dos braços flácidos por seus ombros, enquanto a mão livre encontrava repouso sobre a barriga da neta. A mão da avó tinha uma pele tão fina e frágil que parecia que o menor dos toques poderia rasgá-la. As unhas estavam sempre pintadas de vermelho, para esconder a cor amarelada causada pela diabete, e havia a tatuagem desbotada de uma borboleta no pulso. Amara nunca perguntou o que ela significava.

— Eu não diria que fiquei chateada ou decepcionada, Nadira. Mas fiquei preocupada, sim. Você só tem 19 anos, é muito novinha para ser mãe, não importa o quanto se considera responsável ou madura.

Amara olhou para a protuberância na barriga, aquela carguinha pesada que chutava a parede de seu útero aleatoriamente, que não a deixava dormir de bruços nem amarrar o cadarço do tênis...

— Não planejei isso, exatamente. Só... *argh*... aconteceu.

Amara contraiu os dedos dos pés quando chegou mais uma onda de dor.

— Você nunca me contou, aliás, sobre o pai da criança. — Anaí tentou falar de forma despretensiosa, mas não sentiu que foi muito bem-sucedida, pois logo acrescentou: — E não precisa falar se não quiser. Se ele não está aqui com você agora, por bom motivo não deve ser.

Uma vez que a situação havia sido encerrada entre ela e o pai da criança, Amara nunca mais havia tocado ou pensado naquele assunto, mas, já que a avó o trouxe à tona, ela percebeu: a ferida ainda estava aberta. E talvez sempre fosse estar. Intocada sim, levemente cicatrizada, mas com uma parte em carne viva sempre à mostra, pois é assim que a dor da rejeição se apresenta. E Amara carregava aquilo em seu DNA. Ela não era a única. Aquela cicatriz dividia espaço com tantas outras, numa colcha cheia de retalhos.

— Ele me trocou por outra mulher. Branca, é óbvio. Não vi isso acontecer até estar estampado na minha cara. Eu o conheci num bar que fica do lado do centro universitário. Sabe o TCC? "Tequila, Cachaça e Cerveja" é o nome do local. — Amara riu, mas o riso não alcançou o castanho de seus olhos. — Ele me chamou para jogar dardos e, como já deve imaginar, perdi. Como prêmio por ele ter vencido, pediu que eu voltasse lá na semana seguinte. E na seguinte, e na seguinte a essa também. Até que começamos a nos ver fora do bar e da faculdade. Achei que estávamos construindo algo. Ele era divertido, me fazia rir com piadas horríveis. Aí, um dia, eu o peguei com a garçonete que sempre atendia nossa mesa quando nos encontrávamos lá... Ele nem quis saber da criança. Disse que ele não podia ser o pai, acredita? Não sei o que foi pior: a ofensa ou a decepção. Também não sei por que esperei que ele fosse ser diferente.

A avó afagou a cabeça dela, afastando os cachos da testa úmida.

— Ah, querida, eu sinto tanto, tanto...

— Foi ingenuidade e estupidez minha, *abuela*. Ninguém é responsável por isso além de mim mesma.

Anaí se empertigou no sofá, e sua expressão assumiu linhas muito sérias, quase ferrenhas, antes de dizer:

— Ninguém é responsável pela falta de responsabilidade afetiva de outra pessoa além dela mesma. Não se esqueça disso.

A mente era mais rápida em processar o que o coração não parecia capaz de entender. E, quando o coração não entendia, a mente precisava ser constantemente lembrada da própria racionalidade.

— Da mesma forma que não fui responsável pela morte dos meus pais, *abuela*? — falou, antes de sequer perceber o significado das palavras.

Quando a ficha finalmente caiu, o vento e a chuva pesada forçaram as dobradiças das janelas, e a casa gemeu em resposta, sentindo o peso sobre sua fundação, tão árduo de carregar quanto aquele que Amara vinha remoendo desde os 7 anos de idade.

— Nadira, de onde você tirou essa ideia tão... absurda? — Anaí estava de queixo caído, os olhos saltando das órbitas, observando a neta como se tivesse visto um fantasma. — Seus pais foram assassinados, querida. Não tem nada, *nada* a ver com você.

Uma vez que ela havia invocado aquele fantasma, não havia forma de exorcizá-lo de volta, então disse:

— Mas eles só foram naquela lanchonete porque eu pedi... Eles só pararam lá no caminho porque insisti...

— Nadira, chega. Não havia como você nem seus pais saberem que o dono daquele lugar estava armado. Henriquez foi confundido com... com u-um bandido. Foi uma barbaridade o que fizeram com seu pai, mas isso não é culpa sua... — A voz de Anaí falhou, embargada. Palavras não seriam suficientes para alcançar Amara no fundo do poço em que ela mantivera escondidos tantos sentimentos, então Anaí fez o que uma avó faz de melhor: abriu os braços para receber uma neta chorosa, grávida e com os nervos à flor da pele. — Sinto muito se você sentiu que não havia espaço para falar comigo sobre isso antes, querida. Naquele dia, perdi minha filha, mas não há palavras para expressar como sou grata por ela ter protegido você.

> JORGE *E quem era Rio antes do sucesso, afinal? Não me entenda mal, mas você parece ser uma pessoa extremamente comum, alguém com quem eu toparia na fila do supermercado.*
> RIO *E de que lado do balcão eu estaria? (...) Rio era uma criança comum, como qualquer outra. Filhe de uma empregada doméstica e um ajudante de pedreiro. Morava em uma casa simples, de um andar só, perto das margens da cidade baixa. Nunca teve um cachorro, apesar de querer muito. Passava boa parte do tempo na capital, no apartamento da mulher para quem a mãe trabalhava. Ia à escola toda manhã durante a semana, jogava futebol na praça com amigues aos sábados. Foi uma infância comum, absolutamente normal, até não ser mais.*

O momento afetuoso foi interrompido por uma sequência de contrações que deixou Amara sem fôlego até para falar. *Os intervalos estão diminuindo*, pensou. Na força contrária à da natureza, ela contraiu o assoalho pélvico e fechou as pernas, relaxando-as apenas quando o ritmo da respiração voltou a se normalizar, ainda que minimamente. Sempre ao seu lado, Anaí franziu a testa em preocupação. Passando uma toalha seca na testa da neta, disse:

— Minha vez de compartilhar algo, então. Sei que você não gosta de "Nadira", mas fui eu quem escolheu esse nome, sabia?

— Ah, quer dizer que a culpa é sua? — Amara gargalhou, meio a contragosto. Rir forçava os músculos do diafragma. — Por que raios escolheu esse nome, *abuela*?

— Seu pai queria te chamar de Paulina, mas acho que você não gostaria de ser comparada ao meme da *Usurpadora*, não é mesmo? Não que você vá pegar a referência, não é do seu tempo. Nadira significa rara, preciosa, enquanto Amara significa misericórdia. Ao mesmo tempo, você tem no seu nome as letras que formam amar, ira e mar, a ira do mar. Isso significa que não há nada nem ninguém que se sobreponha à força das suas águas. E é por isso, querida, que, mesmo sendo mãe solo, sei que essa criança não irá sofrer mal algum, porque você fará o que for necessário para protegê-la. Você a amará o suficiente para isso, porque você é minha Nadira Amara.

Se era de emoção pelas palavras da avó ou pelo parto iminente, ela não sabia dizer. Fato foi que as poças de água que havia muito já vinham se acumulando transbordaram dos olhos de Nadira Amara, incapaz de segurar a força das próprias ondas.

— Tudo bem, acho que posso detestar meu nome um pouco menos agora.

JORGE *Você não nasceu com suas habilidades, então? Como elas se desenvolveram?*

RIO   *Essa é uma boa pergunta, e honestamente não sei bem como respondê-la. Tem dias que acho que já nasci assim, com essa sensibilidade aguçada, em outros parece que foi algo que surgiu do nada. Sabe como a gente cresce e começa a lembrar de coisas que não sabe se são lembranças ou um sonho muito bem enraizado?*

— Vamos, querida, você precisa empurrar! — A cabeça da avó sumiu sob as bainhas da camisola, ao se encurvar para apalpar a região entre suas pernas. — Nadira, querida, respeito seu tempo, mas você não pode prolongar isso indefinidamente.

—... *abuela*, não quero que ele nasça aqui. Não quero que ele nasça aqui! — Chorou.

— Consigo ver a cabeça do neném. Vamos. EMPURRE!

Amara gritou e xingou alto o suficiente para que fosse ouvida a metros e metros de distância, se ainda houvesse algum vizinho morando na região, o que duvidava. Estava sozinha, ilhada e isolada, sem amparo médico ou civil, com a água batendo na porta da sala. Enquanto isso, a criança, consciente apenas da própria atividade, forçava caminho para fora do amparo daquele útero, deixando o calor e a segurança de seu ventre. Amara não queria soltá-la. Não queria trazê-la ao mundo em seu estado mais vil, de completo abandono. Seria mesmo aquela a primeira visão que a criança testemunharia?

— Eu deveria estar num hospital, com uma equipe médica, uma peridural... Por que, *abuela*, por que a senhora não foi embora comigo?! — lamentou, pesadas gotas de suor escorrendo pelo rosto, nuca e costas.

Uma nova contração acometeu seu corpo, e ela o empurrou, com a força que restava, para expulsar a dor que lhe afligia. Era inútil lutar contra a natureza.

— Não posso ir embora agora pelo mesmo motivo pelo qual voltei para esta casa depois que Iara e Naira saíram. Esta casa não pode ficar vazia. Se eu for embora, a proteção vai desaparecer. E nós precisamos da proteção, Nadira, essa criança *precisa* dessa proteção. Agora, EMPURRE!

— Nós vamos morrer antes dessa bendita proteção nos salvar! — gritou, fazendo força mais uma vez.

— Empurre. EMPURRE!

O ciclo de respirar e empurrar se repetiu uma, duas e mais uma vez, num eterno vaivém que lembrava as ondas no mar. Elas começavam a se formar, lá longe da costa, até subirem em uma crescente e, por fim, desaguarem nas areias da praia antes de voltar para onde vieram. E depois faziam tudo novamente.

O tempo que parecia infinito de repente passou rápido quando Amara se pôs a seguir a correnteza em vez de remar contra ela. E não houve rádio, ventania ou tempestade que pudesse abafar o choro da criança que havia acabado de nascer naquela sala.

RIO *A primeira leitura de que me lembro, se é que posso chamar assim, foi aos 9 anos de idade. Eu brincava no jardim da casa de frente à minha, aos pés de uma quaresmei-*

> ra. Naquela época eu era bem metide a besta... Lembro de uma menina me desafiar a comer terra, e óbvio que aceitei. Acho que todo mundo comeu terra quando criança, né? Peguei um punhado generoso da base de uma árvore e abocanhei com tudo, como se fosse um pedaço de bolo. O gosto foi horrível, e a sensação que veio depois me deixou nauseade.

— É uma menina, Amara! Uma menina!
— Menina... Como, por que, não...? — Amara teve dificuldade para falar, tomada por uma profusão de sentimentos que misturavam confusão, amor, alívio, dor e exaustão.

Anaí depositou um corpo quente e ensanguentado sobre o seio esquerdo da neta, e os braços de Amara a acolheram, quase que por instinto, dando tempo para a mente dispersa voltar ao foco.

Quando focou, Amara viu um rostinho redondo e minúsculo, de lábios carnudos e nariz achatado, um tufo de cabelo crespo no alto da cabeça. Os olhos da criança estavam fechados, a careta retorcida em choro exibindo as gengivas perfeitamente lisas. Ela era perfeita.

— É óbvio que é uma menina, querida, é *sua* menininha. — A avó deu um beijo emocionado no topo da testa de Amara, lágrimas se misturando ao suor salgado e risos se misturando às falas atropeladas. — A próxima matriarca desta família.

— Mas o exame disse que era um... Ah, nem sei como vou chamá-la, *abuela*!

Sua avó sorriu de um jeito travesso, o que era engraçado de ver no rosto de idade tão avançada. Aquele momento do parto lhe era mais do que familiar, tendo ela própria passado por ele duas vezes e, depois, acompanhado quando a filha, Rejane, dera à luz Amara. Quão feliz teria ficado Rejane se estivesse ali naquele momento? Mas ela estava. Anaí sabia que sim, porque ninguém morre completamente. Antes, vivem nas lembranças de quem os amava, e tanto ela quanto a neta a amaram muito.

A esperança, tão rara naqueles tempos tumultuosos, parecia quase restaurada quando elas duas ali, abraçadas, rodearam o corpinho minúsculo de uma recém-nascida cheia de vida, numa trindade inabalável.

— Ah, tenho uma sugestão. O que acha de chamá-la de... Aina?

— Por que seu nome é Anaí e a senhora gosta de anagramas? — adivinhou Amara, rindo, sem conseguir desviar os olhos de sua menininha, com o cabelo já tão cheio, as bochechas tão macias, os dedos tão delicados se fechando ao redor da mão dela... — Combina perfeitamente com ela. *Minha Aina*. Soa bem, não soa? — Com a ponta dos dedos, Amara roçou o canto da bochecha de Aina. — Como eu queria poder preparar uma água morna agora para um banho! Iria pentear seu cabelo, amamentá-la... Cantar uma canção de ninar e vê-la pegar no sono... E, enquanto estivesse sonhando, dar beijinhos na sua testa... sentir o cheirinho atrás da sua orelha...

Enquanto Amara se perdia no sentimento poderoso que era o amor de uma mãe pela filha, Anaí esterilizou com fogo e álcool a tesoura para cortar o cordão umbilical, aquele elo tão frágil que ainda as mantinha unidas. Mas, ao começar o procedimento, percebeu a poça de sangue que se acumulava e crescia no assento do sofá, de forma gradual, sob o corpo de Amara. *Hemorragia.*

A tesoura caiu de suas mãos com um baque.

— *Abuela*, acho que tem algo de errado comigo...

> IVY *E você sente que está recebendo algo agora, ao vivo, no programa, que poderia compartilhar conosco?*
>
> RIO *Na verdade, sim. É algo que já me acompanha há algum tempo, uma mensagem que tardei a decifrar. Normalmente, preciso estar em contato com outro ser vivo para que isso aconteça. Quando algo vem até mim, ele passa por mim para alguém. Não é este o caso. A mensagem que carrego não é para você, Ivy, nem para você, Jorge. Vocês estão perfeitamente seguros. Como não estariam, aqui na cidade alta, com tanta tecnologia que nem a maior tempestade dos últimos vinte anos é capaz de alterar suas rotinas?*

Amara teve tempo suficiente apenas para perceber como os engenhos de seu destino eram injustos. Sentiu-se pequena, navegando à deriva como uma garrafa na corrente marítima, uma mensagem perdida em seu interior. Amara desejou ser resistente ao tempo como o vidro, mas, talvez, seu corpo não passasse de um frágil pedaço de papel, se desmanchando nas ondas. A criança em seu colo, em parte amparada por seu abraço fraco, em parte pelas mãos da *abuela* que naquele momento a sustentava, era um ponto quente de luz em sua pele cada vez mais dormente. Esvaía-se rápido. A baixa sensibilidade dos dedos não lhe permitiu sentir de todo a maciez daqueles pequenos lábios, os olhos exaustos não puderam se deliciar com o doce sorriso, o peito dolorido não pôde alimentá-la com seu leite. Por um momento, Amara conseguiu visualizar todo o seu futuro. Todas as coisas que ela perderia. Não veria seus primeiros passos, a queda do primeiro dente de leite, o primeiro dia na escola. O que ela vinha ignorando nos últimos meses nada tinha a ver com a responsabilidade materna. Estava tentando não se apegar à ideia de construir aqueles momentos, quando ela própria, a partir de determinado momento, não os tivera.

Uma parte distante de sua mente registrou a ausência do tique-taque no telhado quando a tempestade deu uma trégua, indicando que seu tempo chegara ao fim. Em seu lugar, um estranho zumbido de ondas quebrando na orla, como o som de uma concha: irregular e abafado. Antes que o tempo a apagasse para sempre, Nadira Amara perdeu na boca as palavras das quais mais se arrependeria, pois elas nunca teriam a chance de serem ditas.

Porque ela, naquele momento, amou incondicionalmente sua filha.

> JORGE *Fiquei confuso agora. Isso era pra ser uma crítica ou um elogio?*
> RIO *Seja sincero consigo mesmo, Jorge, e todas as pessoas que nos escutam agora também.*

> *Se eu chegasse aqui e dissesse para correrem, vocês correriam? Provavelmente não. Porque o que sinto é que ninguém aqui de fato acredita naquilo que digo. Sou para vocês uma espécie de espetáculo colhido ali do outro lado do rio, uma atração sem credibilidade e construída sob... como você diz?... informações manipuladas! Não tenho histórias de fantasmas para dar a vocês hoje. Na verdade, não há nada de paranormal nisso, o que tenho a dizer é muito real. E qualquer ser humano com o mínimo de sensibilidade poderia chegar à exata mesma conclusão.*

Anaí acalentou a bisneta nos braços, no momento enrolada em uma manta macia, balançando-a em frente à estante de livros, do outro lado da sala. A água já havia entrado, alta o suficiente para alcançar-lhe os tornozelos, vencendo centímetro a centímetro em questão de minutos. Enquanto isso, o corpo de Amara jazia sem vida no sofá, sob o lençol. Sua vida foi aos poucos se apagando, como uma vela gasta. Mas ela não partiu sozinha. Sua avó estava ali, e todas as matriarcas que vieram antes dela também, pois a memória não é um bem limitado apenas ao ser humano. Os espaços também têm memória. E a casa jamais deixaria que se perdessem.

Anaí não viu a morte chegando. Não a tempo de fazer alguma coisa, se é que algo poderia ter sido feito. Estavam tão concentradas em garantir uma vida que não vira outra se perdendo. Se Anaí tivesse escutado os conselhos de sua neta desde o princípio, teriam conseguido sair da cidade? Amara teria tido um parto tranquilo num leito de hospital, com toda a assistência que sua gravidez exigia? Ou teria sangrado até a morte numa sala branca e fria, sem o acolhimento da família? Teria, teria, teria... A marcação da possibilidade de uma posse absoluta quando tudo o que não foi permitido a Anaí foi ter.

Ter a certeza incontestável de estar fazendo a escolha certa.

Mas, de certa forma, Anaí teve algo. Teve esperança. E teve fé. Porque muito tempo antes ela aprendera a não duvidar daquilo que o desconhecido lhe reservava.

E, assim, ela se agarrou à única vontade: que a bisneta tivesse um futuro.

Com Aina nos braços, nada poderia convencê-la do contrário. Porque talvez, apenas talvez, a proteção estivesse apenas esperando por ela. Que depois de tantos anos, enfraquecida pela descrença e a memória perdida nas mentes de uma família contemporânea e afastada de suas raízes, a magia só tivesse força o suficiente para salvar algo tão pequeno e inocente quanto uma criança.

A visão turva, embaçada pela torrente de lágrimas que agora jorrava como um rio morno por sua face, impediu Anaí de ler o que estava escrito na lombada dos livros à sua frente. Não que aquilo a interessasse, óbvio, mas aquela estante guardava os livros favoritos de sua Nadira Amara. Longe do corpo vazio, buscava conexão com sua alma. Não havia tempo para vivenciar o luto, no entanto. Não podia se entregar à confusão e à apatia, ao choque e à negação. E, sabendo daquilo, lá fora a árvore já se manifestava. Chamando-a, implorando por ela.

— Não li nem metade desses livros — disse Anaí para a bisneta —, mas eu os leria para você se pudesse. Porque é nas histórias passadas de geração em geração, minha criança, que está a verdadeira magia. "A felicidade é como uma borboleta, quanto mais você a persegue, mais ela escapa; mas, se você voltar a atenção para outras coisas, ela virá e se sentará suavemente em seu ombro." Por mim, por sua mãe, por todas as que vieram antes de nós e por todas que ainda virão, a sua missão, pequena Aina, é encontrar a felicidade. E você não sabe como sou feliz e grata pela oportunidade de ter conhecido você.

> RIO *Porque, no fim, não é a natureza quem vai ditar a morte de tantos dos meus hoje. A natureza faz seu papel e segue o roteiro que a ela é dado. E essa mensagem me acompanhou durante toda a vida, mas foi só ao atravessar a fronteira entre dois mundos geograficamente tão próximos e ao mesmo tempo tão distantes que pude de fato compreender sua complexidade. Não lhe parece triste saber que as pessoas que ajudaram a construir a cidade alta foram por ela sentenciadas? O desastre é inevitável, mas o abandono é proposital.*

Quando as luzes deram curto-circuito e se apagaram, Anaí finalmente saiu da casa. A velha quaresmeira estava lá, como sempre esteve, se agarrando à força das raízes para não ser derrubada pela ventania, o Fiat estacionado sob a copa no momento parcialmente destruída. Gotas caíam das folhas, batendo no tampo do carro, ditando o ritmo de seus passos. A quaresmeira parecia sorrir para ela, sabendo que Anaí carregava no colo seu bem mais precioso. E, enquanto os pés faziam o caminho das pedras, flashes cintilaram no canto dos olhos, as muitas lembranças que aquela árvore testemunhara: uma mulher de braços fortes montando a estrutura de uma cama, um táxi estacionado no portão, crianças correndo na varanda da casa, uma jovem folheando um álbum de fotografias, um bando de borboletas sobrevoando o jardim...

Ali, num ninho aconchegante formado por duas longas e fortes raízes sobressalentes, a criança foi abraçada pela natureza e por ela acolhida. Anaí rezou para que os antigos orixás a protegessem, assim como a haviam protegido em tenra idade. Mas nada dura para sempre, nem mesmo a magia. E era ela quem testemunharia sua última bênção, antes que o embolorado de água e lama arrastasse tudo o que havia pela frente.

— Não se preocupe, minha querida, tudo nos preparou para este momento. Nós vamos nos encontrar outra vez — disse ela, pouco tempo antes de a água do rio avançar e se conectar, após tão longa espera, com a base da árvore, a criança e a magia oculta no solo abaixo dela, achando o caminho de volta para casa.

A andarilha das águas do tempo

Bettina Winkler

Existem momentos na vida que parecem ter sido feitos para mostrar que as pessoas não sabem nada sobre si mesmas. Para mim, foram dois. Aos 7 anos, descobri que não era filha biológica dos meus pais. Aos 23, percebi que o tempo era fluido como as águas e que, para conhecer meus ancestrais, eu precisaria navegar por elas.

O estranhamento de mim mesma acontecia quando olhava no espelho e não enxergava nada, apenas uma forma distorcida e inexplicável; o reflexo não passava de um borrão, assim como a lembrança do dia em que fui escolhida no orfanato.

Não me reconhecia quando minha família adotiva se reunia para as festas de fim de ano ou aniversários, e, por mais gentis que todos fossem comigo, a aparência deles — brancos, loiros, claros — me distanciava da minha identidade.

Foi assim que percebi que meus pais eram diferentes de mim. *Eles* eram os diferentes, não *eu*, sempre pensei assim, mesmo quando fiquei mais velha e percebi que a maioria das pessoas enxergava o contrário.

Lembro-me dos dedos de mainha penteando meus cachos abertos, encharcando-os de creme, mecha por mecha, sem pressa, com delicadeza e carinho, alternando entre o pente e o afagar. Foi em um daqueles dias que questionei por que minha pele era marrom como o chá de canela que mainha adorava bebericar todas as noites, enquanto a de meus pais era branca como o leite que painho pingava no café todas as manhãs.

Matutei teorias na cabeça antes de tomar coragem para perguntar. *Os filhos não tinham que se parecer com a mãe ou com o pai?* Meus pais, compreensivos, não hesitaram em responder. Eles não sabiam muito sobre minha mãe biológica, só que tinha deixado um bilhete pedindo ao orfanato para que mantivesse o nome de Iara, a filha das águas.

Coincidência ou não, as águas pareciam guiar meu coração. Doces ou salgadas, turbulentas ou calmas, elas estiveram ao meu lado durante toda a vida, como se segurassem minha mão, guiadas por uma força desconhecida que algumas pessoas poderiam chamar de destino, universo, entidade ou Deus. Ainda que eu não tivesse uma crença definida sobre o assunto, sempre acreditei no poder das águas.

Criada numa cidade litorânea na região Nordeste do Brasil, desde criança entrava no mar e me sentia protegida e acolhida. Nunca queria sair da água, o que era um comportamento comum para a maioria das crianças, mas minha conexão com os mares, rios e lagos não tinha nada de banal. As lembranças de minha infância eram distorcidas, quase oníricas. Recordava-me das sensações, dos movimentos, dos sons das ondas quebrando nas pedras e das águas tocando meus pezinhos, mas não visualizava muito mais do que aquilo.

Ao visitar a praia numa tarde de sol quente, as águas me relembravam do meu maior desejo. Desde que podia me lembrar, meu coração insistia em uma única vontade: descobrir minhas origens e, com a bênção salgada dos mares, o segui.

Cresci cercada de muito amor e sinceridade. Por tal razão, senti-me confortável quando, já adulta e com os cachos cortados bem curtinhos, cuidados por mim mesma, declarei que procuraria saber sobre minha família biológica, sobre meus ancestrais.

Como se o universo conspirasse para tal, eu estava trabalhando num portal on-line chamado Crônicas Pretas, e queria escrever sobre o assunto.

Nada mais certo do que juntar a fome com a vontade de comer.

Depois de entrevistar algumas pessoas (pessoas pretas que entendiam e sabiam muito bem de onde ou de quem tinham vindo), o sentimento de peregrinação se tornou ainda mais urgente em meu coração, como se precisasse daquilo para finalmente começar a me enxergar no espelho.

— Meus ancestrais são de um agrupamento chamado de Costa da Mina — contou Evelyn, uma artista baiana de 20 e poucos anos, sucesso nas redes sociais, que tinha aceitado conversar comigo. — Então, sou descendente de uma provável mistura entre Nigéria, Togo, Gana e Benim. Minha avó fala muito da Nigéria e, ave maria, faz um fufu delicioso!

Sorri com o brilho nos olhos da jovem ao falar da comida da avó, desejando poder provar o prato típico feito pelas mãos daquela senhora.

Os depoimentos dos entrevistados me fizeram pegar o carro de mainha emprestado e cair na estrada, mergulhando numa viagem longa e cansativa. Durante o percurso, minha alma reverberava com a sensação de que estava indo para casa, mesmo não tendo muita certeza ainda de para onde ia. Tudo que tinha era o endereço de uma propriedade que poderia, ou não, ter pertencido à minha família biológica. Teria que investigar mais se quisesse descobrir, e não poderia fazer aquilo de longe. Eu queria pisar na mesma terra que minha mãe tinha pisado, queria entender por que ela havia me deixado, queria saber se os outros familiares sabiam da minha existência e, se sabiam, por que nunca me contataram.

Uma pitada de ansiedade tomou meu estômago. *E se apenas não quisessem me conhecer?*

Afastei o pensamento, me concentrando na paisagem que deslizava pelo para-brisa: céu nublado e árvores verdes de todos os tamanhos. As casas e os mercadinhos haviam ficado para trás já tinha alguns quilômetros, dando lugar a uma natureza que eu associava a trilhas e estradas. Rumando para uma cidadezinha desconhecida do outro lado do país, quanto mais eu me aproximava, mais o cenário mudava, e meu coração o acompanhava: acelerando em expectativa, com a ficha caindo de que havia abandonado tudo o que conhecia para poder me descobrir.

Depois de três dias parando em hotéis e restaurantes de beira de estrada, finalmente alcancei meu destino. A pousada era pequena, mas aconchegante. O quarto que me fora designado, lugar que teria que aprender a chamar de *meu* por algumas semanas, era preenchido por móveis daqueles pesados e antigos, de madeira escura. Tinha paredes amareladas e era todo decorado em tons de azul: roupa de cama estampada com rosas azuis, tapete azul, até mesmo o rodapé e as toalhas do banheiro em anexo eram da mesma cor.

Permiti-me um banho e um cochilo, ignorando o despertador insistente que avisava a hora do jantar. Costurei o sono até a manhã seguinte, despertando com o corpo dolorido e, por alguns segundos, me esquecendo de onde estava. Abri os olhos, confusa, mas logo meu coração saltou, me guiando, como uma bússola, para fora da cama.

Através das janelas quadradas e bem limpas dava para ver as nuvens cinzentas dançando no céu escuro, um anúncio escancarado de chuva, então vesti um casaco com capuz e peguei a mochila impermeável. Com certeza a água, em qualquer formato que fosse, jamais me impediria de sair em busca de respostas.

Disparei para fora do quarto e quase sucumbi à vontade de ignorar o café da manhã, que exalava um cheiro delicioso pelo corredor, mas o ronco da barriga e um convite de uma das funcionárias me direcionaram para a sala de jantar.

Tentando ignorar a afobação que quase me fazia tremer, escolhi uma das muitas mesinhas de madeira e me sentei, me apressando a encher o prato de pães, queijos e bolos. Alguns hóspedes faziam o mesmo, movimentando-se com a serenidade que apenas turistas aproveitando uma temporada de férias poderiam possuir.

A cada mordida, eu pensava na suposta casa da minha família. Será que era grande ou pequena? Conservada ou abandonada? Será que tinha quintal ou varanda? Talvez fosse apenas um terreno baldio, o que dificultaria a investigação. Mas, se fosse uma casa, será que alguém morava nela? Algum parente meu?

Não foi fácil encontrar informações. Quando dei início às investigações, o primeiro lugar que visitei foi o orfanato em que morei pelos primeiros anos de minha vida. Ao chegar à recepção, me apresentei de forma breve e solicitei alguns arquivos do ano de 1996. O funcionário, que usava longas e grossas tranças e parecia ser alguns anos mais novo do que eu, me olhou, cético.

— A instituição só começou a registrar os casos a partir de 2005 — respondeu, voltando o olhar para o computador.

— E os registros por escrito? — insisti.

Ele ergueu a sobrancelha.

— Amada? Sabe quantas caixas têm na nossa sala de arquivo?

— Por favor, preciso encontrar minha família biológica — supliquei, me debruçando no balcão de mármore que nos separava.

Ele suspirou, impaciente, porém compreensivo.

— Não vou poder te ajudar, preciso ficar no balcão. — Gesticulou, apontando o dedo para mim com severidade. — Você disse que era jornalista? Essas informações são confidenciais, entendeu?

Assenti com um sorriso e o acompanhei por um corredor estreito. Ao longe, podia ouvir os gritos e risadas de crianças brincando, e o som era tão familiar que apertava meu coração em uma saudade que nem sabia sentir. Quantas brincadeiras e quantos amigos a Iara criança fizera naquele lugar? Queria lembrar...

— Boa sorte, viu? — disse o rapaz, após destrancar a sala para mim. — A maioria das fichas está incompleta. Naquela época, a instituição não tinha funcionários tão eficientes quanto eu.

Ele jogou uma trança para trás do ombro de modo dramático, o que me fez rir.

Então me deixou sozinha com as caixas empoeiradas e demorou algum tempo para voltar, me entregando um copo descartável com café preto e muito açúcar. Tomei um gole do líquido escuro e forte, me permitindo uma pausa. Depois de ter lido fichas de diversas crianças que não eram eu, a frustração fazia meus olhos pesarem. Muitas não tinham nomes nem fotos, e eu não pude deixar de ponderar se aquelas crianças haviam se tornado adultos curiosos sobre as próprias identidades.

Estava prestes a agradecer ao recepcionista pelo café quando ele correu até o fundo da sala.

— Pingueira maldita! — exclamou, livrando uma das caixas de uma goteira constante que escapava do teto. — De onde veio isso?

Segui o rapaz e observei o papelão mole e molhado.

Sentei-me no chão, abandonando o copo, e vasculhei o conteúdo da caixa. Arfei ao encontrar a ficha que procurava, marcada por manchas escuras, meu nome e a data de nascimento escritos no topo. Lamentei a ausência de foto no lugar em que um retrato da mulher, no formato 3x4, deveria estar. Passei o dedo pelas letras, tentando me imaginar no lugar daquela que deixou a filha para outra pessoa cuidar, aceitando que provavelmente tenha sido o melhor que poderia fazer pelas duas. A folha amarelada pelo tempo estava preenchida com um garrancho apressado que detalhava o endereço da moça sem nome que havia deixado sua bebê. Ao lado das instruções até a morada, havia um número de telefone, mas, quando tentei ligar, ouvi a mensagem de "o número chamado não existe". O endereço era tudo que eu tinha.

A esperança que senti naquele dia em que encontrei o endereço da casa dentro de uma caixa de papelão molhada era a mesma que me assolava naquele momento, sentada na cadeira de madeira maciça da pousada. Estava prestes a dar forma e cores ao que tinha imaginado. Apressei o passo e engoli a comida, empurrando tudo para dentro com um gole de café ainda quente. Inquieta, dei uma última olhada no endereço e saí, determinada a encontrar o local.

Resisti até o último segundo a pesquisar o lugar na internet, queria que a primeira impressão fosse pessoalmente, e não por fotos ou descrições. Sonhava com a experiência em primeira mão. Deixei o carro na pousada e, a pé, saí pedindo orientações e instruções aos moradores da cidade, notando o comportamento desacelerado de todos. Um senhor tomava café preto num copo de vidro enquanto observava os carros e bicicletas passarem; idosos jogavam dominó, sentados à mesa de cimento da praça. Uma senhora cumprimentou mais de cinco pessoas enquanto conversava comigo, sem se importar em interromper nossa comunicação. No começo, me senti agitada pela falta de agilidade deles, mas logo me peguei comprando um picolé de limão enquanto pedia orientações ao vendedor.

Todos que me deram instruções disseram a mesma coisa: *você precisa encontrar o rio.*

— Depois do rio, você vai andando toda a vida e dá a volta na rua até encontrar a casa — informou uma moça que vigiava dois meninos brincando num parquinho de areia. — É difícil não ver, ela tem uma presença que toma a rua toda, sem falar na arvorezona na frente.

— A casa tem uma presença? — questionei, curiosa.

A mulher fez que sim com a cabeça e logo depois se afastou, pedindo licença e gritando para que o filho não empurrasse o outro garoto com tanta força no balanço.

Sedenta pelo reencontro com as águas, fui guiada até o rio tempestuoso que parecia entoar uma canção. Minha pele ficou arrepiada diversas vezes durante o percurso pela margem, mas não era de frio; minha pele picinava com expectativa.

Estava prestes a me afastar do rio quando o afluxo se elevou numa enorme onda e o vento se agitou, fazendo com que os cachos curtos em minha testa dançassem. O cheiro de terra molhada tomou conta das minhas narinas. Aquilo me impressionou, mas não me surpreendeu. No fundo da mente, tinha a certeza de que não era a primeira vez que as águas demonstravam a imensidão de seus poderes para mim. Era como uma lembrança distante, ou talvez um sonho intrínseco.

Um filete de água cristalina se desprendeu da massa líquida e, assumindo uma forma longa e cilíndrica, rodopiou ao meu redor, seguindo em frente, como se pedisse que o seguisse.

Sem pestanejar, obedeci.

Assim que comecei a caminhar, as lembranças da infância me assolaram, aquelas em que manejava as águas como se fossem algo sólido, aquelas em que as águas pareciam se comunicar comigo, assobiando de uma forma que fazia sentido apenas para mim, lembranças que sempre atribuí à imaginação fértil de meu eu criança. Mas que desculpa eu tinha naquele momento?

Segui, dando a volta até uma rua silenciosa, sem me preocupar em subir a calçada, e parei bem em frente a ela: a casa. Sabia que era *aquela casa* antes mesmo de me aproximar.

Com um sonido alto, a água do rio desabou ao meu lado, marcando o caminho com um rastro molhado e salpicando meus tornozelos. No mesmo instante, uma borboleta surgiu, cintilando sobre minha cabeça.

Hesitei, observando a propriedade e prestando atenção aos ruídos que vinham lá de dentro. Vozes, muitas vozes.

A casa tinha um tom claro de amarelo e parecia recém-pintada. As janelas estavam todas abertas, assim como o portão e a porta da frente, escancarados. Algumas mesas de plástico estavam dispostas na varanda com uma variedade de objetos em cima delas, miniesculturas, porta-copos e molduras. E, fazendo sombra a tudo aquilo, estava a grande árvore que a mulher mencionara no parque, se balançando com o vento frio.

De repente, uma torrente de chuva começou a despencar do céu, apagando o rastro do rio. Cobri a cabeça com o capuz e corri para dentro.

— A chuva te pegou, hein? — perguntou uma mulher de cachos compridos e pele negra, carregando uma bandeja de inox com pedaços de bolo.

— Desculpe entrar assim na sua casa... — comecei, nervosa.

— Que nada, imagina! Está tendo um bazar, todo mundo está entrando aqui, pode ficar à vontade para dar uma olhadinha.

— Obrigada.

Retirei o capuz e o casaco molhado, mantendo a peça dobrada por cima dos antebraços.

— Bolo? — ofereceu a mulher. — Pode pegar, foi minha mãe que fez, aprendeu a receita com minha vó, uma cozinheira de mão-cheia.

Ela apontou para uma senhora de turbante colorido na cabeça, que estava sentada atrás de uma das mesas com artesanatos à venda. Ao seu lado, um senhor de cabelos brancos ria de alguma coisa que alguém havia contado.

Apesar de estar de barriga cheia, aceitei o pedaço de bolo cor de creme e dei uma mordida. A mulher sorriu quando minha expressão surpresa confirmou a gostosura do alimento.

— Fica à vontade, viu? Me dê isso, vou colocar para secar atrás da geladeira.

A dona da casa pegou o casaco de minhas mãos e se afastou, oferecendo bolo aos outros compradores espalhados pela sala de estar.

Dei outra olhada na senhora de turbante e no senhor risonho ao seu lado, imaginando se teríamos algum grau de parentesco.

Sem coragem de fazer perguntas, perambulei, observando a variedade de objetos à venda por todos os preços. Havia coisas caras como louças e quadros com molduras de madeira, e havia coisas baratas como pesos de papel e ímãs de geladeira.

A borboleta apareceu outra vez, me direcionando até um corredor comprido. Ela e eu nos encaramos por um instante, mas o momento foi quebrado por um adolescente saindo de um quarto segurando uma caixa de papelão que transbordava com objetos que provavelmente seriam dispostos.

Abri caminho para que ele passasse, enquanto o garoto gritava pela mãe e sumia de vista, assim como a borboleta havia feito.

Sozinha no corredor, fui até o cômodo de onde o garoto tinha saído e me deparei com ainda mais caixas e potenciais peças para o bazar. Aquela família estava esvaziando seu quartinho da bagunça.

A jornalista investigativa que habitava em mim desde que estudara o assunto na faculdade despertou, e desatei a vasculhar até encontrar um álbum de fotografias empoeirado. Soltei um espirro baixo e esperei em um silêncio nervoso para ver se tinha chamado a atenção de alguém.

Nada aconteceu. As vozes continuaram suas conversas e pechinchas ao longe, alheias aos meus atos bisbilhoteiros.

Abri o álbum e, como uma manifestação de tempestade, fui atingida pela chuva de recordações. Havia tantos momentos bonitos (aniversários, formaturas, almoços e jantares), todos protagonizados por pessoas com todos os tons de pele negra, de retintos a claros, com cabelos cacheados, crespos e ondulados, uma mistura ancestral, nascida no Brasil, trazida dos países da África, homens e mulheres com sorrisos brilhantes nos rostos e expressões que contavam histórias que ninguém poderia lhes tirar. Mesmo se estivesse errada sobre aquelas pessoas serem parte da minha família biológica, elas ainda eram *família*, e não pude deixar de me sentir pertencente a elas. O pensamento fez com que uma lágrima escorresse, molhando minha bochecha. A gota foi um acalento, tão salgada quanto os mares, tão doce quanto aquelas lembranças que não me pertenciam, mas que de alguma forma pareciam fazer parte de mim.

Ouvi um pigarro, e quase pulei de susto. Quando me virei, escondendo o álbum atrás das costas por instinto, vi que o garoto da caixa tinha voltado.

— Com licença, esta parte não está aberta para os visitantes.

— Desculpe, eu não sabia.

Eu me virei de novo, abaixando para pegar a mochila no chão. Sorrateiramente, escondi o álbum no meio de meus pertences.

O garoto esperou que eu saísse, entrou no quartinho da bagunça e fechou a porta com uma expressão desinteressada, murmurando outro pedido de licença.

Outra vez sozinha no corredor, me afastei ainda mais das vozes da sala de estar e fui em direção à cozinha, me aproximando da porta dos fundos e do som melódico da chuva, que parecia um convite.

Cheguei a avistar meu casaco enfiado atrás da geladeira e a mesa cheia de bolos e outros doces, mas caminhei direto para o lado de fora, recebendo, mais uma vez, a saudação das gotas que caíam do céu e do cheiro acolhedor de terra molhada.

Andando pela lateral da propriedade até a parte da frente, cheguei até a grande árvore, que me fez arfar baixinho em admiração. Algumas borboletas, idênticas àquela que me guiara, rodeavam a majestade de folhas e dançavam com o vento da tempestade que prometia se intensificar. A imagem parecia uma pintura transcendental, tracejada com cores de magia diluídas na água.

A árvore era tão magnífica que, por alguns instantes, não reparei nas duas garotinhas sentadas embaixo da copa. Não pareciam estar sendo atingidas por uma gota sequer de chuva, mas o rosto da menina que parecia ser a mais velha, com cerca de 5 anos e cachos presos em uma maria-chiquinha, estava banhado de lágrimas. A mais nova franzia o cenho, preocupada. Tive a impressão de que as conhecia, talvez por causa dos álbuns...

Eu me acheguei, cautelosa, entrando também no domo de proteção da árvore.

— Oi, meninas. Vocês não deveriam estar lá dentro? — questionei em uma voz doce, com medo de que as garotas interpretassem a pergunta como uma bronca. — Por que esse anjinho está chorando?

Toquei a bochecha macia da criança que mantinha a cabeça baixa. Sua pele estava fria e suada.

— Ela não sabe pra onde foi o pai e a mãe dela — explicou a menorzinha, segurando uma boneca de pano pelo braço molenga.

— Eles devem estar lá dentro. Eu te ajudo a procurar.

A menina que chorava balançou a cabeça em negativa, segurando meu cotovelo.

— Vamos brincar um pouco antes — pediu a pequena com a boneca na mão.

Pelo visto, ela era a porta-voz das duas.

— Só um pouquinho... — decretei com um sorriso, incapaz de dizer não para sua expressão adorável.

Secando as lágrimas, a garota mais velha se pôs de pé e estendeu a mão para mim, e a menina mais nova ecoou seu movimento. Suas mãozinhas apertaram as minhas, e as duas começaram a correr ao redor da árvore, cantando uma música que eu quase não conseguia entender por que as palavras se embolavam com a risada contagiante das meninas. Era algo sobre um rio que corria e búfalos que nele se banhavam. Ri em harmonia com elas, e as borboletas entraram na dança, nos cercando com seu bater de asas, erguendo uma parede que separava nós três e a árvore do mundo lá fora.

A chuva se intensificou, e o vento uivou. Em algum lugar, um relâmpago iluminou o céu, reverberando um trovão com alguns segundos de atraso.

Ri até a barriga doer, esquecendo de tudo, dos problemas, dos boletos e da solidão, e, quando caí no chão de terra, tonta e ofegante, encarei um céu límpido e azul.

Com o cenho franzido, me endireitei e me sentei. As meninas, assim como as borboletas e a chuva, não estavam mais lá. A árvore, sim, porém estava quieta, e as vozes que antes vinham do bazar também haviam sumido.

Limpando a parte traseira do jeans, voltei para dentro da casa, tomando um susto ao ver a diferença na cozinha.

A geladeira, antes prateada e moderna, estava escura e tinha uma espécie de maçaneta para abrir a porta. Olhei atrás do eletrodoméstico, mas meu casaco não estava lá. E aquela não era a única mudança no cômodo. Um vento fresco invadiu a cozinha e um aroma doce de flores tinha substituído o cheiro de bolo recém-assado.

Devagar, caminhei pelo corredor, fazendo o caminho de volta à sala de estar. O suor escorria por minha nuca, e a boca parecia uma lixa de tão seca. Uma conversa entre duas mulheres freou meus passos, e estiquei a cabeça para poder espiar sem ser notada.

— Mas é uma boa ideia, mãe? E se ela for má influência pra Anaí? — perguntou a mulher mais nova.

Seus cabelos estavam presos num turbante vermelho-escuro, e ela dobrava roupas limpas em cima do sofá.

— Mohana é uma boa menina, Lucia — respondeu a idosa, sentada em uma cadeira de balanço e remendando uma camisa bege com agulha e linha. — Além do mais, devemos sempre ajudar nossa família. Ela e o pai precisam de um teto pra morar, não podemos negar isso aos nossos parentes, eles não têm pra onde ir...

Aos pés da senhora mais velha, uma jovem de cachos compridos, beirando a adolescência, também costurava, remendando um vestido florido. Estreitei os olhos, reconhecendo a feição da garota, mas não consegui continuar prestando atenção à conversa, pois alguém cutucou meu cotovelo.

Com o coração aos pulos, me virei, assustada, e encontrei a menina mais velha com quem brinquei debaixo da árvore. Não havia sinal de seu choro de antes nem da garotinha mais nova que falava por ela. Levei o dedo aos lábios, em um sinal de quem pedia silêncio, e saí da casa com a menina em meu encalço.

— Você quase me matou de susto — murmurei. — O que aconteceu?

A menina cruzou os braços e se recusou a responder.

— Onde está sua amiga porta-voz? — questionei, apontando para a casa.

A criança balançou a cabeça em negativa e pegou minha mão, guiando-me até a grande árvore.

Soltei um gritinho surpreso quando, de forma abrupta, a chuva voltou a desabar, grudando minha roupa às costas e pernas.

A criança parou de andar e apontou para a árvore, que estava diferente de novo, com pequenas flores roxas adornando seu manto verde. Sentada com as costas no tronco largo, uma adolescente chorava com as mãos na barriga protuberante. Ela secou uma lágrima e arfou, sobressaltada, ao notar nossa presença.

A adolescente ficou de pé, ainda com a mão na barriga redonda de forma protetora. A chuva se intensificou, criando uma cortina espessa entre nós.

— Onde estamos? — perguntei para a menina ao meu lado, gritando acima do barulho da chuva.

Se a água não estivesse batendo com tanta força em minha pele, pensaria estar tendo um sonho daqueles bem desconexos e aleatórios.

Em resposta, a criança saiu correndo, dando a volta para os fundos da casa.

— Espere!

Eu a segui, deixando a adolescente grávida e confusa para trás.

Na cozinha, protegida da chuva, mas com a porta aberta, a menina esperava. Aproximei-me com a visão meio borrada, porque meus cachos encharcados derramavam gotas geladas em meus olhos.

A garotinha fez sinal para que eu me abaixasse, estendeu a mão e com a outra apontou para a mochila em minhas costas.

Vacilante, ofereci o objeto molhado à menina e esperei. De dentro da mochila, a garota puxou o álbum de fotografias intocado, abriu uma página e me entregou uma foto.

Na imagem, a garota adolescente que chorava debaixo da árvore estava sorrindo e carregava em seus braços um bebê recém-nascido.

Arfei e virei a fotografia para ler o que estava escrito: *Mohana e sua bebê, 1996.*

Enfiando a foto e o álbum de volta na mochila, fiquei de pé em um pulo e corri, sujando os tênis de lama, de volta para a árvore, só para encontrá-la desacompanhada e sem flores.

— Ei, menina! — gritou da porta a mulher de cabelo crespo que havia me oferecido bolo. — Está se molhando toda. Entre aqui!

Obedeci, olhando para trás, esperando ver a adolescente grávida, mas havia apenas a árvore, balançando as folhas ao vento e, daquela vez, falhando em deixar seu perímetro seco.

— No que estava pensando, lá fora numa chuva dessas? Vai pegar uma pneumonia! Fica aqui, vou buscar uma toalha...

— Obrigada, mas tenho que ir — cortei, desnorteada.

— Tem certeza? Tome um banho assim que chegar em casa e troque essas roupas molhadas. Olha, a chuva está até passando...

Olhei para trás, pela porta aberta, e, de fato, o sol voltava a aparecer por entre as nuvens que se moviam com pressa. Clima esquisito...

— Pode deixar, moça...

— Anaí — apresentou-se a mulher, estendendo a mão.

Boquiaberta, encarei o rosto da mulher, reconhecendo os traços e os cachos bem finalizados. Era ela... não era? A garota que costurava o vestido de flores.

— Iara — respondi, apertando a mão de Anaí.

— Algum problema, Iara?

— É... é que eu não trouxe dinheiro hoje, mas gostaria de comprar algumas coisinhas. O bazar vai estar aberto amanhã? — improvisei um pretexto para voltar em breve.

— Com certeza, até o estoque acabar — brincou, com um sorriso amigável que parecia ter um fundo de tristeza.

Tentei retribuir o sorriso, mas tinha certeza de que a surpresa distorcia minhas feições.

Sentindo-me um pouco zonza, apertei as alças da mochila e me retirei, desatando numa corrida assim que me afastei da casa.

Seguindo as instruções de Anaí, tomei um banho e vesti roupas quentes e confortáveis assim que cheguei à pousada. Em seguida, folheei o álbum inúmeras vezes, me demorando na foto da adolescente, Mohana, e sua bebê. As fotografias pareciam ser um aglomerado de várias gerações da mesma família, marcadas com datas de diferentes décadas e até mesmo séculos. A mais recente era de Anaí adulta, a mulher que ela apontou ser sua mãe com cachos brancos escapando do turbante colorido, o senhor que estava ao seu lado no bazar, com um grande sorriso na foto, e dois adolescentes, um menino e uma menina, um ao lado do outro.

Encontrei ainda a imagem em preto e branco de uma mulher de coque, de frente para um grupo de crianças sentadas no chão. Ela parecia estar no meio de uma frase e tinha um pedacinho de giz branco entre as pontas dos dedos.

Retirei a foto da película do álbum e virei para ler a inscrição em letras bagunçadas: *Pilar, a primeira e mais querida professora negra dessas bandas.*

Sorri e, com uma lufada de inspiração, abri o notebook em cima da cama, iniciei um novo documento e digitei: "conhecer sua ancestralidade é viajar no tempo". O título do artigo desencadeou uma enxurrada de palavras que levaram a tarde toda para se formarem. Contei várias histórias, brincando de adivinhar pelo que via nas fotografias. Tracei um caminho, construí uma árvore genealógica, até chegar à atualidade com uma jovem curiosa, que sonhava em conhecer seus ancestrais. Meu corpo parecia onipresente, não estava apenas no quarto da pousada, mas sim na casa, debaixo da árvore, na margem do rio, na praia em Salvador e, principalmente, no passado. Na visão da jovem Anaí costurando o vestido aos pés da avó; na imagem de Mohana com a barriga de nove meses protegida de um toró incessante pela árvore; de Pilar, professora apaixonada pela profissão, ensinando aos alunos; e até mesmo na avó de Evelyn, a artista que entrevistei, aprendendo a fazer fufu com a mãe nigeriana.

Com o cair da noite, peguei no sono, cercada de fotos e lembranças, ciente de que talvez houvesse história demais para caber em uma coluna.

Na manhã seguinte, me enfiei num vestido azul-clarinho e mais uma vez não deixei passar o café da manhã delicioso da hospedagem. A refeição, junto com o bolo da mãe de Anaí, fora a única coisa que eu havia colocado na barriga no dia anterior. Cheguei a me perguntar se tudo o que tinha presenciado fora efeito colateral da fome ou do cansaço. Quando alguns momentos se tornavam parte do passado, as lembranças costumavam parecer ilusões ou sonhos, afetando meu senso de realidade, assim como as lembranças de uma infância manipulando a água do mar.

Depois de comer, caminhei mais uma vez pela margem do rio, daquela vez sem nenhum tipo de guia para me ajudar. Observei a paisagem ao redor, só então notando o grande conjunto de prédios e casas agrupados na colina do outro lado do rio. As construções eram intrusas naquele cenário e pareciam elegantes e infinitas, considerando que o caminho até lá se seguia para além do horizonte, por trás de um grande portão ornamentado.

Desgrudando os olhos da propriedade, abaixei-me para molhar as mãos no rio como se o saudasse e, em seguida, tomei meu rumo. Uma vez que aprendi o trajeto até a casa, era como se eu viesse percorrendo aquele caminho a vida toda.

A movimentação no bazar estava ainda mais intensa que no dia anterior, facilitando a entrada sorrateira no quartinho da bagunça. Não vi Anaí nem o restante de seus familiares e imaginei que devessem estar ocupados recepcionando todas aquelas pessoas interessadas em gastar.

Com a ansiedade martelando no peito, escapuli para dentro do cômodo, fechando a porta com cautela.

Abrindo a mochila, devolvi o álbum ao quarto, ignorando a culpa causada pelo roubo e pelo que estava prestes a fazer, porém eu precisava ir mais a fundo naquela história, ou jamais teria paz em meu coração.

A questão não era uma matéria qualquer, e sim meu passado, minha existência. Entoei aquelas palavras em minha cabeça e comecei a vasculhar as caixas de papelão empoeiradas, tirando fotos de tudo que poderia ser útil em minha pesquisa.

Passei cerca de quinze minutos bisbilhotando, sem encontrar nada de muito substancial, mas ainda assim registrando tudo com o celular. A decepção começava a causar pontadas em minha barriga quando vozes vindas do corredor me arrancaram daquele mar de informações.

Sem pensar muito, deixei o desespero me guiar; puxei a mochila e me impulsionei através da janelinha aberta que quase não conseguia prover arejamento para o quarto.

Caí de bunda na terra e fiquei parada, encolhida, com medo até de respirar. A adrenalina pulsava em meus ouvidos. A sensação, como estava sendo recorrente nos últimos dias, me transportou direto para a infância, brincando de esconde-esconde com as crianças do meu colégio que nunca faziam muita questão de me encontrar. "Iara é café com leite", era o que sempre diziam.

Apertei os olhos, me forçando de volta ao presente, e a voz de Anaí chegou até mim.

— Você procurou que nem sua cara, né, Lipe? — perguntou, com irritação.

— Juro que procurei, mãe, mas num tava aí não.

— Ah tá! Você não acha nada, menino. Se fosse questão de vida ou morte... — As vozes se afastaram, e o baque abafado da porta se fechando acalmou meus nervos.

Soltei o ar, aliviada, e me levantei, dando a volta na casa.

Entrei pela porta da frente e fui recebida por um abraço de Anaí, que mais uma vez me ofereceu bolo, café e me apresentou à mãe e ao padrasto, Lucia e Augusto.

— Sinta-se em casa, minha filha — disse dona Lucia, apertando minha mão.

— Iara, você disse que estava querendo comprar algumas coisinhas, não sei exatamente o que procura, mas minha filha encontrou um negócio em uma das caixas e achei a sua cara! — contou Anaí, empolgada, como se já me conhecesse havia anos. — Vou buscar.

— Sabe, você é a cara da minha sobrinha Cidinha — afirmou dona Lucia, só então me soltando, gentilmente, como se eu precisasse tomar cuidado com minha própria mão. — Num parece, Augusto?

— É mesmo. O nariz, o traço da boca aqui assim — confirmou o esposo, gesticulando para o próprio rosto.

Sorri, contente com a observação. Nunca tinham me dito que eu parecia com ninguém antes.

— Espero que ela seja bonita — respondi, provocando risadas gostosas nos dois.

Anaí retornou, trazendo em seu encalço uma jovem alta com as feições idênticas às suas, emolduradas por um black power de cachos miúdos e crespos. A menina me entregou um porta-retratos com a moldura adornada de conchas do mar de todas as cores e tamanhos. Eu quase podia sentir o cheiro de maresia exalando do adorno.

— É lindo! — comentei.

— Fique com ele — ofereceu Anaí.

— Não, não, insisto em pagar — disse, já tirando uma das alças da mochila para pegar a carteira.

— Está tudo bem, querida, pode ficar.

— Mas...

— Relaxa, não é um porta-retratos que vai salvar nossa casa — cortou a jovem, irritada.

— Rejane! — repreendeu Anaí, direcionando uma careta amarga para a filha.

— Como assim salvar sua casa? Se for muita intromissão, não precisa responder — acrescentei, depressa.

Anaí suspirou e, tomando meu braço, me direcionou até a cozinha.

— Não gosto de reviver o assunto na frente de minha mãe, não quero que ela fique chateada. Um dia ela chegou a odiar esta casa, mas hoje em dia é a coisa mais valiosa que ela tem, e não estou falando em questão de dinheiro.

Sentei-me à mesa, em frente às bandejas de doces e salgados.

— O que está acontecendo?

— Recebemos uma carta da prefeitura, avisando que o condomínio luxuoso do outro lado do rio quer expandir seu território, visando o "crescimento" da comunidade, e isso requer demolir nossa casa e outras adjacentes. — Ela soltou uma risada amarga.

— Que absurdo! — exclamei, indignada.

— Tudo isso pra homenagear o honroso escravocrata miserável, coronel Alcântara.

Anaí bufou e começou a andar de um lado para o outro.

— Eles não podem obrigar vocês a saírem, podem?

— Não temos muita escolha. Os vizinhos estão cedendo aos poucos, tudo pela promessa de uma mixaria. Eles construiriam ao nosso redor.

— Tem que existir uma maneira de reverter isso. Vocês não podem perder a casa — falei com a voz mais alta, exaltada.

Tinha acabado de encontrar o que parecia ser um santuário de várias gerações daquela família que poderia ser a minha, que, mesmo se não fosse forjada em sangue, ainda era ancestralidade, ainda era o mais próximo de mim. Não poderia permitir que fosse destruído, desmembrado, despedaçado.

Minha garganta ficou apertada.

— Você nem imagina o quanto isso é verdade, Iara — respondeu Anaí, surpresa com a minha reação —, mas não sei o que poderíamos...

— Eu trabalho num jornal — soltei, apreensiva por compartilhar a informação, porém decidida a mudar a situação. — Posso fazer uma matéria sobre o assunto, chamar a atenção da mídia.

— E isso mudaria alguma coisa?

— Vamos descobrir.

Os dias que se sucederam foram recheados de histórias de dona Lucia e seu Augusto sobre a casa e a vizinhança. Meus dedos coçavam para acrescentar alguns daqueles causos ao meu texto.

— Muita gente já morou aqui? — perguntei, curiosa.

— Várias gerações da nossa família, parentes distantes, próximos e agregados — relatou dona Lucia. — Criança já nasceu e idoso já morreu aqui dentro, mas não se preocupe, não é assombrada.

Ri, parte de mim duvidando de que não houvesse ao menos alguns fantasmas rondando aqueles corredores.

— Quem nasceu aqui? A senhora lembra? — incitei, lembrando-me da adolescente grávida.

— A filha de Mohana, uma menina novinha que parou aqui e depois sumiu com a bebê. Mohana era filha de meu irmão Luciano, que pediu nossa ajuda. A moça tinha suas obrigações a cumprir...

— Obrigações? — indaguei.

— Com coisas que vão além da nossa compreensão, filha. Era uma menina nova, mas que tinha muitas responsabilidades. Não desgrudava os pés daquele rio...

— A senhora tem notícias dela?

— Não, ninguém tem. Mas soube que ela não pôde criar a menina. Gostaria de ter ajudado, mas na época a situação já estava bem difícil... e ela ainda sumiu.

— A situação financeira era difícil? — perguntei.

197

Com aquilo a conversa tomou outro rumo, e dona Lucia me contou sobre seu trabalho de professora e como conheceu seu Augusto quando ele trabalhava para a polícia.

Anaí também contribuiu, relatando momentos doces e marcantes da infância naquele lar. A imagem de seu rosto jovem, costurando enquanto sua avó e mãe discutiam a colocação dos futuros moradores da casa, não saía da minha cabeça. Com o passar do tempo, aquela viagem ao passado parecia cada vez mais fruto de um sonho confundido com a realidade, influenciado pelo álbum de fotos.

A matéria foi tomando forma sem esforço, e, quando entrei em contato com minha chefe com um *pitching* na ponta da língua, a ideia logo a conquistou. Não revelei que a casa fazia parte da minha pesquisa inicial para a primeira matéria, não queria comprometer minha ética profissional, que, àquela altura, falhava nos momentos em que a emoção tomava conta das minhas ações.

A oportunidade de vasculhar o quartinho às escondidas surgiu outras vezes, e aproveitei todas elas, esperando descobrir mais sobre a jovem Mohana, que pouco fora mencionada pela matriarca da casa.

Na última vez, encontrei, no fundo de uma das caixas de papelão, um caderninho amarelado e velho, com algumas folhas soltas, comidas por traças ou rasgadas, dificultando o entendimento das informações.

Algumas páginas pareciam ter sido arrancadas, e as que restaram estavam incompletas, manchadas ou ilegíveis. Entre os textos, consegui distinguir a palavra *okutá*, cujo significado me era desconhecido, mas uma rápida pesquisa na internet me forneceu informações sobre a pedra utilizada para fixar a força sagrada de um orixá. Em outra folha havia uma descrição detalhada sobre um tipo de árvore chamada *quaresmeira*, exaltada pela autora do texto com bonitas palavras.

Antes de fechar o caderninho, uma das páginas corroídas se soltou da costura. Nela estava escrita uma única frase: *precisamos de proteção.*

Recolhi a folha e a fotografei. Não sabia explicar o porquê, mas aquela frase parecia significar algo muito maior.

Eu me esgueirei para fora do quarto sem ser notada, graças ao bazar que ainda acontecia. Apesar de a quantidade de peças à venda estar diminuindo, o evento diário seguia movimentado, e, segundo Anaí, até mesmo os turistas pareciam interessados nos "cacarecos locais", como ela mesma descrevera.

Na volta para a pousada, me encontrei mais uma vez com o rio. O sol se despedia devagar, pintando o céu de laranja e rosa. Ao observar a colina do outro lado, um amargor tomou conta do fundo de minha garganta. Aquelas pessoas já não tinham o suficiente?

Agachei-me à margem, iniciando uma conversa silenciosa com as águas. O que aconteceria com o rio se eles tomassem toda aquela área?

Molhei as mãos na água fria e encarei as ondulações do fluxo, que distorciam meu reflexo, formando a imagem de um rosto infantil que parecia comigo mais jovem, usando maria-chiquinha, mas que em seguida se desfazia. O vento me provocou um arrepio que subiu por meus braços e costas.

Franzi o cenho, consternada, e notei uma mancha escura se alastrando no fundo do rio. Apoiei as mãos na terra e me debrucei para tentar distinguir a forma. Em um piscar de olhos, sangue espesso se espalhou pela superfície e um par de mãos pálidas emergiu e segurou minha cabeça, me puxando para as águas rubras. Meu grito foi abafado, transformando o som em bolhas de ar. O gosto metálico do sangue invadiu minha boca, e tentei em vão puxar o ar para os pulmões.

Antes que pudesse me debater, as mãos me libertaram do aperto e as águas se acalmaram, me transmitindo imagens de lembranças que não me pertenciam em uma sequência que se embaralhava num frenesi.

Uma mulher correndo, afobada, pela margem do rio, segurando a saia esfarrapada e comprida. Uma cabeça de búfalo flutuando inerte, pintando as águas de vermelho. Um tiro ecoando acima da colina. Uma jovem, cantarolando com tranquilidade, enquanto lavava pedras de diferentes cores e tamanhos no rio. Uma criança com os pezinhos descalços na água. Um rabo de peixe gigante e dourado, varrendo o fundo de barro do rio. Um grito agudo que não tinha dono e se multiplicou em dezenas.

A favor do empuxo, emergi, puxando o ar com força, mais por costume dos pulmões do que pela necessidade dele.

Conturbada pelas visões, nadei até a margem e fiquei ali um tempo, atordoada. Caminhei no automático de volta à pousada, recebendo olhares confusos e preocupados ao chegar com as roupas e mãos sujas de terra. Depois de um banho, me deitei na cama, tentando criar um sentido para as imagens que me foram reveladas pelo rio. Sem sucesso, adormeci e sonhei que estava boiando nas águas de um oceano infinito.

No dia seguinte, acordei cedo e, pela primeira vez desde que cheguei à cidade, intentei tomar um rumo diferente que o da casa. Caminhei pelas ruas de pedra, parando pessoas no caminho até a praça, entrevistando os moradores e utilizando o gravador do meu celular para registrar as respostas.

Movida por um novo propósito, fiz perguntas sobre o condomínio na colina e sobre a história do tal coronel, antigo dono daquele terreno, recebendo em resposta palavras discrepantes. A maioria, entretanto, era de cunho positivo sobre o assunto, dificultando a intenção de minha matéria e a tentativa de esconder minha revolta. O discurso de que a expansão do condomínio visava o crescimento da comunidade havia se espalhado pelos cidadãos de classe média e baixa, que pareciam não perceber que estavam sendo expulsos de seus lares, usurpados por pessoas brancas de classe alta que começavam a tomar o controle do território.

Era difícil argumentar com respostas relacionadas à necessidade de dinheiro e emprego e, por mais indignada que eu estivesse, consegui me sensibilizar com aqueles que aceitavam ceder as casas pela promessa de contas pagas.

— O que o senhor acha da expansão do condomínio Alcântara, que está planejando despejar os moradores das áreas próximas?

— Por que a pergunta, senhorita? — questionou um homem, olhando para meu celular estendido com desconfiança enquanto caminhava ao meu lado até o banco mais próximo da pracinha.

O pai de santo, vestido com o *axó* e turbante brancos, sentou-se, e fiz o mesmo. Distraída, desliguei o gravador e me virei para ele.

— Na verdade, será que o senhor pode me tirar uma dúvida relacionada a outro assunto?

— Pergunte, filha.

— Para que exatamente serve um *okutá*? Poderia servir para proteger alguém ou um local? — indaguei.

Ele pareceu achar graça na pergunta. Arqueou as sobrancelhas finas e soltou um suspiro misturado ao riso, como se a resposta fosse trabalhosa demais para explicar.

— Isso depende. Cada orixá tem ligação com sua pedra e cada orixá representa a personificação de uma força da natureza — explicou, varrendo o céu com um olhar sereno. — Para o *okutá* proteger um lugar, por exemplo, é preciso muito cuidado para não deixar o orixá bravo. A pedra precisa ser devolvida para a natureza, senão o caos pode ser geral, causando muitos problemas e até mesmo mortes. — Ele me olhou desconfiado. — Você não está pensando em usar um, está? Você é filha de quem?

— Não, não. Só perguntei por curiosidade... — Encarei as próprias mãos inquietas no colo. — E não sei de quem sou filha, mas aposto qualquer coisa que sou de Oxum e de Iemanjá. Sou protegida pelas águas.

Ele pareceu analisar minha expressão.

— Então o que te preocupa?

— Acho que só queria entender se há alguém olhando por nós — respondi, mentalizando os rostos da família que morava na casa amarela.

— Você pode acreditar ou não, mas sempre há.

— Mesmo com toda essa gente perdendo as próprias casas?

— Nunca se sabe o dia de amanhã, filha das águas.

Depois de entrevistar mais alguns moradores, resolvi fazer uma pausa e entrei num restaurante com fachada colorida e de aspecto simples. Era horário de almoço, e minha barriga roncava, implorando por uma comida caseira e quentinha.

Exausta de tanto falar, decidi pedir uma bebida enquanto aguardava a refeição em minha mesinha decorada com uma toalha quadriculada, um pequeno jarro com flores artificiais, um porta-guardanapos e sachês de ketchup e maionese. O cheiro de feijão novo se espalhava pelo lugar, e, assim que o garçom colocou a taça de vinho na minha frente, me ocupei em saboreá-lo.

A satisfação do doce da uva em minha língua foi interrompida por um homem jovem de cabelo castanho-claro e olhos azuis que se sentou na cadeira do outro lado da mesa, de frente para mim.

— Posso ajudar? — questionei, confusa.

— É você a jornalista forasteira? — perguntou ele com um sotaque acentuado.

— Bom, acho que sim...

— Meu nome é Jorge Alcântara. Soube que está fazendo uma matéria sobre o nosso condomínio. Não pensou em marcar uma entrevista com um dos donos? — Ele sorriu de lado, tentando jogar charme.

Repousei a taça na mesa. *Era verdade o que diziam sobre as notícias se espalharem rápido em cidades pequenas...*

— A matéria é sobre a cidade e a herança negra que construiu este lugar, é sobre os ancestrais das pessoas que vocês estão tentando expulsar daqui — rebati, incomodada.

A postura convencida do homem logo se desmanchou, e ele se recostou na cadeira.

— Ah, vejo que você é uma dessas *militantes*...

— O que você disse?

— Escute, *forasteira*. Não podemos ter esse tipo de publicidade rodando por aí. Vocês não podem impedir o progresso deste lugar, mas sua materiazinha pode atrasar nossos planos.

— Que pena! — soltei, irônica. — A matéria vai sair, e vou me certificar de que passe nos jornais e na TV, tanto que os protestos vão chegar até sua porta. A menos que desista dessa ideia de expansão. Já não tem o suficiente?

— Estou dando o que a cidade quer! — Ele abriu os braços, assumindo uma postura que todo político corrupto parecia ter. — Meus ancestrais também viveram aqui. Eles não merecem uma homenagem?

Bufei.

— Por escravizar os outros?

— Eu...

— Pode se retirar da minha mesa, por gentileza? — cortei, impaciente. — Estou em meu horário de almoço, e você está me atrapalhando.

— Bom almoço.

Com um aceno de cabeça, o rapaz se levantou e partiu.

Contemplando a perda de meu apetite, chamei o garçom e pedi para que embalasse a comida para viagem.

Na pousada, voltei a encarar o primeiro artigo escrito sobre minha ancestralidade e compreendi que a obra fazia parte do eu que queria dizer sobre a cidade. Com outra perspectiva, guardei a primeira versão para mim e me dediquei a escrever a nova matéria até o raiar do dia seguinte. Não era mais uma coluna sobre minha história, mas sim uma denúncia para salvar a história de tantos outros.

Com o texto finalizado, passei um dia inteiro dormindo e comendo, apenas levantando-me para trocar mensagens com mainha, informando que estava bem, mas sem dizer muito a respeito das descobertas sobre minha família biológica.

Te aviso quando souber mais. Digitei a mensagem para ela e voltei a dormir.

Acordei no dia seguinte quando já era tarde e me vi sentindo falta da casa e da árvore. Que sensação estranha sentir saudade de um lugar que eu sequer conhecia poucos dias antes.

A matéria estava pronta e, com a ajuda da minha editora-chefe em Salvador, em breve estaria publicada, não apenas em nosso portal, mas em veículos maiores. Mas ainda havia muitas perguntas sobre minha origem que precisavam de respostas.

Com aquilo em mente, voltei a me esgueirar para a casa. Parei para cumprimentar a árvore antes de entrar pela porta dos fundos.

O ambiente estava silencioso como nunca tinha visto. Onde estavam os clientes do sempre tão movimentado bazar?

Apreensiva, caminhei pelo corredor de iluminação parca e entrei no quartinho, determinada a fotografar mais pistas. A conversa com o pai de santo sobre o *okutá* me fez voltar ao caderninho amarelado, me perguntando se havia alguma informação que deixara passar.

Precisamos de proteção. Reli a frase na folha solta e suspirei.

No mesmo instante, Anaí abriu a porta, com um sorriso que se desmanchou assim que pôs os olhos em mim.

— Iara? O que está fazendo? — questionou.

Ela não parecia brava, apenas confusa.

— Eu... — comecei, desconcertada, me atrapalhando ao me levantar do chão, quase pisando na barra do próprio vestido.

Antes que pudesse tropeçar nas palavras, uma gota gelada caiu em minha cabeça e olhei para cima, alarmada. Anaí acompanhou meu olhar, curiosa.

— A resposta está aí em cima, Iara?

Como se fosse, de fato, a resposta, uma torrente de chuva desabou em meu rosto, entrando na boca e nos olhos. Quando abaixei a cabeça, Anaí não estava mais lá, pelo menos não a Anaí adulta. Parada sob o arco da porta estava a jovem Anaí e, ao seu lado, a menina que brincava com a boneca de pano. As duas tinham o mesmo rosto.

O quartinho inundara com rapidez, ensopando meu tênis. Eu estava congelada no lugar. O grito de uma mulher invadiu meus ouvidos, e em seguida a criança e a jovem na porta sumiram. O clamor da mulher cessou, dando lugar ao berro estridente de um bebê.

A mulher gritou outra vez, e corri ao seu socorro, em direção à sala de estar, porém encontrei as mesas de plástico e os poucos itens restantes do bazar.

Deixando pequenas poças por onde eu pisava, dei meia-volta e segui para a porta. Em algum lugar, Anaí chamava meu nome, mas ignorei, concentrando-me em exigir respostas da natureza.

— O que é isso? Estou ficando louca? — perguntei à árvore, que respondeu apenas com o silêncio.

— Mas ela é a cara de sua prima Cidinha, não é? — Atrás de mim, dona Lucia repetiu a frase de alguns dias antes.

Virei-me para encontrar a senhora e a filha me analisando.

Encharcada e ofegante, me encostei no tronco da árvore e pétalas de flores roxas começaram a cair, flutuando ao meu redor. Ouvi uma canção de ninar soando bem baixinho numa voz doce e feminina; era hipnotizante, como o canto de uma sereia. Dei a volta na árvore e encontrei Mohana, sentada na base do grande tronco, embalando um bebê aninhado em lençóis amarelos, que murmurava como se quisesse acompanhar a mãe na música.

— *Se eu fosse um peixinho e soubesse nadar, eu tirava Iara do fundo mar...*

Um movimento no andar de cima da casa me chamou atenção, e encontrei a menina mais velha que girou comigo ao redor da árvore, a que chorava em busca dos pais, acenando da janela com um sorriso tranquilo nos lábios e um filete de água rodopiando ao comando de seus pequeninos dedos. Olhar para ela era como finalmente me enxergar no reflexo do espelho. Reconhecia seus olhos, o tracejar dos lábios e o formato do nariz. Via aqueles traços todos os dias, distorcidos por um borrão que insistia em me impedir de enxergar. Em um piscar de olhos, a garota desapareceu, e um aglomerado de borboletas voou pela janela aberta, se juntando às suas colegas de árvore. Em frente a mim, Mohana fez o mesmo, mas não antes de olhar para mim com um sorriso escancarado e os olhos cheios de lágrimas.

Apoiei-me no tronco da árvore, puxando o ar para os pulmões, sentindo o coração apertar de saudade daquelas lembranças tão distantes, lembranças que ninguém conseguia reter naquela idade, mas que, de algum jeito, a árvore me mostrava.

— O que está acontecendo, Iara? Quem é você? — questionou Anaí, captando minha atenção e me trazendo de volta ao presente ao se aproximar de braços dados com a mãe.

— Sua avó não te ensinou nada, Anaí? — repreendeu a mulher mais velha e, então, abriu um sorriso caloroso.

Dona Lucia me entregou uma fotografia na qual reconheci meu rosto infantil.

As mulheres me observaram. Anaí com uma expressão de compreensão e dona Lucia abrindo os braços, me convidando para um abraço, antes de completar:

— Filha, esta menina é nossa família.

Eu estava sentada sob a copa da árvore apreciando um exemplar do romance de Naira Luz, comprado no bazar por menos de vinte reais. O livro estava começando a fazer sucesso e custava muito mais caro nas livrarias.

Distraída da leitura pelas borboletas que transitavam ao redor, com afeto, olhei para a casa que naquele momento estava carente de habitantes além de mim, porém cheia de acontecimentos do passado, do presente e do futuro, alguns deles pelos quais tive a experiência de peregrinar, ainda que por alguns segundos.

Sim, o futuro da casa ainda aconteceria. A expansão do condomínio Alcântara fora cancelada, ou pelo menos adiada, após a publicação de minha matéria e a pressão da mídia e da população para manter as raízes da cidade. A casa permaneceria de pé, protegida pela força invisível testemunhada por aqueles que vieram antes de mim e pelos que viriam depois.

Meu período sob aquele teto era limitado, até que um novo andarilho ou andarilha tomasse meu lugar, enquanto a família rumava para outra morada, me presenteando com um tempo a sós com aquele território. Era temporário, e eles voltariam mais cedo do que qualquer um de nós poderia imaginar, mas, enquanto aquilo não acontecia, a casa era minha, e eu era da casa.

Uma nova vida se iniciava para mim, na companhia das águas, da árvore e das lembranças daquelas portas e paredes. Lembranças recuperadas da minha trajetória, um conhecimento renovado sobre minha mãe biológica, a minha conexão com as águas e a ancestralidade da minha família que, acima de tudo, protegia e zelava por aquele lugar, só me fortaleceram. Tinha renunciado ao meu cargo de colunista no portal e começado a escrever para mim mesma com outros propósitos. Quem sabe um dia publicaria minhas palavras para que outros que se sentiam como eu pudessem ser abraçados e acolhidos por um texto que fosse além das notícias, além do que era considerado real?

Anaí havia me entregado as chaves com um sorriso depois de eu ter passado alguns meses na cidade, visitando a família, *minha* família, todos os dias.

— Ela disse que precisava de um tempo a sós com você.

— E vocês vão simplesmente pegar suas coisas e sair? — perguntei, achando graça, ainda estranhando a plena confiança no que uma árvore dizia.

Mas não era assim tão simples, era?

— Vamos visitar alguns familiares enquanto as crianças estão de férias. Não se preocupe, vamos contar a eles sobre você, fazer chamadas de vídeo pra que se conheçam e pra não ficar com tanta saudade. — Ela riu, o que me fez rir também. — Mas precisamos que cuide da casa por enquanto. Se algum inquilino chegar, pode recebê-lo? Ou recebê-la...

— Inquilino?

— Mais pessoas do que a gente imagina precisam da casa, Iara.

— E então vou ter que pegar minhas coisas e sair?

Sem responder, Anaí me deu um último abraço de despedida e me entregou as chaves.

Não demorou para que uma inquilina reservasse a casa, e, enquanto me despedia daquela porção de terra, percebi que aquele era um momento novo para mim, feito para que eu compreendesse quem eu era. A casa e seus habitantes, tanto do presente quanto do passado, tinham me mudado, eu mesma me transformado, e o significado de lar tinha se modificado. Finalmente, compreendi que encontrar a mim mesma era aprender que eu carregava meu próprio lar comigo.

O segredo do vento

Carol Camargo

1. *Okutá*

Aina ficou parada de olhos fechados, absorvendo o ambiente ao redor: os sons dos pássaros junto ao alvorecer violáceo, a melodia tranquila do rio que tocava sua pele com água fria. E o vento. Aina pertencia ao vento, sentia-se parte dele e, por vezes, acreditava com toda a alma que podia viajar com ele, fugir junto à ventania para onde bem quisesse.

Aina. Ela ouviu a brisa sussurrar, chamar por ela enquanto dançava e rodopiava ao redor das árvores e bambuzais.

A voz de alguém se misturou com a ventania e soou próxima, mas ela não lhe deu ouvidos por um longo momento, compenetrada nas sensações que o vento daquela manhã lhe proporcionava.

— Minha filha... — chamou o pai uma vez mais, e ela abriu os olhos escuros.

Virou-se para ele e sorriu um sorriso aberto e gentil. O pai a olhou com candura antes de continuar. Naquele pequeno espaço de tempo ele se viu muitos anos antes, naquele mesmo lugar, no dia em que a encontrara ainda criança vagando pelas margens do rio. Perdida, como uma semente atirada ao vento que escolheu fazer morada no leito daquelas águas.

— Sim, meu pai — respondeu ela finalmente, indo em direção às margens.

O pai, Francisco, andou até ela com uma pedra nas mãos e lhe mostrou.

— O que acha? Acha que vai ser um bom *okutá*?

A pedra era marrom com vários pequenos furos espalhados pela estrutura disforme.

Um *okutá* não era uma simples rocha; havia uma grande diferença que os separava. Vida. Um *okutá* representava o orixá vivo em terra. Possuía vontade própria, magia e axé. Precisava conter formas e cores específicas condizentes a cada um dos orixás cultuados. Era retirado do rio, consagrado e, quando fosse necessário despachá-lo, precisava ser devolvido às águas que foram seu primeiro lar. Francisco tinha em mãos uma possível morada de Xapanã, mas esperou que a filha lhe desse a resposta confirmando. Aina, por sua vez, olhou os furos da rocha, que representariam as chagas tão significativas para a divindade em questão, e respondeu:

— Pra mim é um *okutá* perfeito. Precisa ver se pai Xapanã vai aceitar.

Francisco assentiu, feliz por ver o quanto a filha aprendera sobre os ritos durante aqueles anos. Havia lhe ensinado bem, e, ao que tudo indicava, Aina seria uma dedicada sacerdotisa quando chegasse a hora, quando ele não estivesse mais presente para zelar pelos seus deuses e povo. Não se criava um sacerdote. Se nascia. Francisco tinha absoluta certeza daquilo. Não era à toa que havia aceitado o fato de que o filho, Antônio, não seria aquele que levaria o Sagrado adiante, tampouco seria a mais jovem do trio, Tereza. Mas sim Aina, aquela que não possuía seu sangue. A menina que os orixás haviam lhe dado como bênção.

Assim como um okutá precisava ser encontrado nas doces águas sagradas de Oxum, Francisco encontrara Aina naquele mesmo rio, perdida próxima ao barquinho que usavam quando precisavam atravessar o rio de uma margem à outra. Um presente deixado pela sua orixá-mãe. Contudo, o pai de santo se enganara ao pensar que a menina, por ter entrado em sua vida por meio daquelas águas douradas, seria filha de Oxum assim como ele. Eram o vento e a tempestade que a regiam. Oyá era quem dominava o orí de Aina e a guiava naquele mundo feroz em que viviam.

Francisco, que havia crescido sempre pronto para fugir e com ouvidos apurados para qualquer sinal do inimigo próximo, percebeu certa movimentação. Não demorou muito para que avistassem dois homens montados em cavalos. Homens brancos. A presença fez o interior do pai de santo se contorcer.

— Aina — chamou ele e não precisou dar muitas explicações quando a filha seguiu o olhar do pai. Sabia que a presença deles poderia significar problemas e pôr em risco a segurança da família. — Apresse o passo.

Francisco recolheu as pedras que havia separado e as guardou dentro do saco de pano que carregava sobre o ombro. Fez o caminho para fora das águas cristalinas de Oxum, com o olhar sempre atento à presença estranha.

— Falta escolher as de Oyá — avisou Aina enquanto olhava para as figuras, que já tinham percebido a presença dos dois.

— Outro dia a gente volta. Cadê sua carta? — perguntou Francisco.

Aina sentiu as pernas tremerem com o fato de precisar do documento. Apontou para a margem.

— Na sacola.

Francisco resmungou e, quando chegaram à margem, apressou o passo para longe do rio. Enquanto seguia o pai, Aina não questionou o trajeto que ele havia escolhido. Ir pelo meio do mato era mais seguro numa situação como aquela. Não sabiam quem eram os dois homens, e nenhum deles queria arriscar descobrir. O pai havia vivido o bastante, e as marcas pelo corpo dele alertavam Aina do que o ego e a maldade eram capazes diante da cor de sua pele.

A filha de Oyá andou pelo mato, com a sombra do medo sempre ao lado, medo de que aqueles dois homens pudessem segui-los até seu lar. Enquanto pulava uma pedra, teve o vislumbre de uma borboleta. Suas asas fechadas lembravam a forma de uma folha seca, camuflada dos possíveis predadores, mas, quando o inseto alçou voo, revelou um azul intenso brilhante que arrancou um sorriso de Aina.

Ela e o pai tinham tanto para revelar ao mundo, tantos para ajudar, mas precisavam se manter escondidos, camuflados em meio à sociedade que insistia em subjugá-los. Felizmente, havia indícios de que os tempos estavam prestes a mudar. Fora por aquela razão que sua família tinha conquistado a liberdade, ou pelo menos parte dela. Um médico, Diogo, havia se interessado pelos conhecimentos de Francisco sobre ervas nativas e medicamentos naturais e, por sorte, também era membro do movimento abolicionista. Diogo acabou comprando a liberdade para Francisco e Antônio, e ambos possuíam as cartas de alforria.

Aina não havia sido escravizada, ao menos era o que imaginavam.

Ela não pertencia a ninguém. Ninguém era seu dono, e Aina adorava a ideia de tamanha liberdade. Contudo, era deveras perigoso. Preocupado com a segurança da filha que os orixás lhe haviam dado, Francisco pedira ajuda ao médico e, por meio dele, conseguira uma alforria falsa para a garota filha do vento. Desde então havia uma lei dentro da casa: ninguém saía sem as cartas, uma vez que nunca se sabia quem poderia cruzar seus caminhos.

Atravessaram uma gruta, e o sol já estava alto no céu quando avistaram a pequena casa onde moravam.

Não havia nada de especial nela para quem tivesse o olhar distraído, mas quem tirasse um instante para desbravar seu interior encontraria mais do que uma simples casa de madeira. Francisco seguiu, carregando a bolsa com os *okutás*, até os fundos da pequena propriedade.

Ele abriu a porta do galpão e se deparou com o altar que tomava toda a parede. Havia uma vela branca queimando no chão, em frente a todos os santos. Ele se ajoelhou e fez uma pequena prece diante de Nossa Senhora, negra e coberta pelo manto azul. Apesar da imagem e de sua gratidão, nunca a chamava pelo nome católico. Às vezes Francisco pedia perdão à santa, por usá-la daquela forma, como um bode expiatório para aquela a quem era devoto, aquela que era dona de seu orí. Mas ele sabia que, assim como a pele negra que compartilhavam, a crença provinda do país ancestral também não era vista com bons olhos. Deuses negros destemidos, que eram carregados de poder e que não propagavam o medo ao pecado não poderiam ser boa coisa. E, assim como tudo o que era de seu povo, eram condenados ao mal, ao inferno e a um diabo que nenhum deles nem ao menos reconhecia ou acreditava. Daquela forma, Nossa Senhora também era Oxum, escondida por trás do manto azul e representada pelo brilho da coroa dourada que ambas compartilhavam.

Seu maior sonho era ter um lugar onde os seus e os orixás pudessem viver seguros, longe de toda a violência que os perseguia, mas o pai de santo sabia que aquele sonho levaria tempo para ser concretizado. Tinha esperança de que seus bisnetos e gerações futuras desfrutassem daquela liberdade, inclusive a religiosa. Que fossem capazes de andar nas ruas com orgulho e sem medo do preconceito com a cor da sua pele e do sagrado que carregavam dentro de si, no orí coroado com sua ancestralidade africana. Rezava, pedia e ofertava aos orixás por dias melhores, por direitos reconhecidos e respeitados e pela punição da violência sofrida por seus irmãos, da mesma forma e presteza que os poderosos agiam contra seu povo. Poderia demorar, mas Francisco sabia e acreditava na justiça e no julgamento de Xangô e Ogum, assim como tinha fé de que Bará trabalhava incessantemente para alinhar e guiar os caminhos de todos eles até uma sociedade melhor. Poderia demorar, mas aquele dia chegaria. Francisco era carregado de tal fé inabalável e pura, abençoada por mãe Oxum, que caminhava ao seu lado, de mãos dadas, dando conforto aos seus irmãos necessitados.

Ele se deitou e esticou o corpo em frente ao congá, tocando a testa no chão, batendo cabeça aos santos. Então se levantou e foi até a porta ao lado que dava para uma pequena sala, o quarto de Santo. Havia várias prateleiras de madeira com diversas bacias de barro. Francisco olhou para elas com orgulho e respeito. Então guardou os novos *okutás* em uma prateleira separada.

— Sua bênção, meu pai — cumprimentou um dos filhos de santo, chegando de surpresa.

Beijou as mãos de Francisco, então se voltou para as tigelas.

— Já peguei seus *okutás* com Aina agora cedo — revelou Francisco, e o filho, José, agradeceu. Não conseguira ir junto devido ao trabalho na lavoura de uma fazenda vizinha. — Falta só Oyá de Laura, mas amanhã, ou mais tardar dia seguinte, voltamos no rio.

— Muito obrigado, pai Francisco — agradeceu José, e o pai de santo fez um gesto dispensando tantos agradecimentos.

— Até, meu filho, acho que podemos já jogar e escolher os seus.

— Como o senhor quiser, pai — respondeu o filho de santo, e os dois acertaram que naquela noite terminariam a escolha dos *okutás* para o assentamento.

A lua estava alta e brilhante no céu quando a sineta soou. Francisco se sentava em frente à mesa com várias guias dispostas em um círculo sobre uma toalha branca enquanto Aina segurava o pequeno sino. José, por sua vez, escolhia com paciência as pedras que representariam cada um de seus orixás e levava até a mesa onde o pai de santo estava sentado à espera. José levou até Francisco um *okutá* de Oxum; havia três pedras parecidas, amareladas e tiradas direto das águas do rio, mas José acabou sendo cativado pela menor delas.

Enquanto José segurava o *okutá*, o pai de santo jogou os búzios e perguntou à orixá das águas doces se ela aceitava de bom grado o que o filho havia escolhido. A resposta foi positiva, e José sorriu, orgulhoso, enquanto separava o *okutá* de Oxum. O processo foi repetido para cada um dos doze orixás, para confirmar se aceitavam serem representados em terra pelo *okutá* em questão. Ao final da noite, Francisco abraçou José e o avisou que, assim que tivessem as pedras que faltavam de Laura, sua esposa, dariam continuidade aos ritos dentro da religião, se deitariam para o santo, como diziam, ficando de resguardo para o orixá que regia seus orís.

Enquanto se despediam, Aina se apressou para juntar as pedras que haviam sobrado e as guardou. Tirou um tempo para admirar sua mãe Oyá dentro da bacia de barro na segunda prateleira do local. Ela sorriu, orgulhosa, ao ver o *okutá* redondo, adornado pelas ferramentas que representavam a orixá dos ventos, sua mãe de cabeça. Suspirou ao lembrar que precisariam retornar ao rio em poucos dias para terminar o trabalho. Recordou-se dos dois homens. Nem ela nem o pai os reconhecia; poderiam ser novos na região, considerando que havia um boato de que um novo fazendeiro estava para se mudar para as terras próximas do rio, mas era mais um motivo para que ficassem atentos.

Enquanto saía da sala dos *okutás*, deparou com o pai recolhendo as guias. Tinha orgulho e carinho infinitos por ele e desejava que ele se orgulhasse dela também, por isso se dedicava tanto aos ritos e orixás.

— Vamos descansar, minha filha. O dia foi longo — disse Francisco, dando um tapinha nas costas dela.

Aina o ajudou a trancar o terreiro, e, enquanto olhava uma última vez para a imagem da Santa no altar antes de fechar o cadeado de ferro, Francisco pediu proteção e, principalmente, que seu instinto estivesse errado.

2. *Coronel*

O coronel Alcântara encarava o rio de cima do cavalo branco quando avistou dois negros próximos às margens. A visão fez algo dentro dele ferver, principalmente quando a dupla seguiu para o meio do mato. Não queria aquela gente perto do rio, de *seu* rio. A não ser que fosse para servi-lo.

— Eu lhe disse, coronel, é um bom lugar pro senhor criar seus bichos — afirmou o segundo homem, descendo do cavalo.

Alcântara o acompanhou, deixando as botas afundarem na grama, mas, diferente do mais moço, o coronel não reparava nas características do rio, mas no trajeto que o homem e a jovem haviam feito, sumindo por entre as árvores distantes. Ele colocou as mãos na cintura e ergueu a sobrancelha espessa, finalmente dando atenção ao precioso rio que serpenteava à sua frente.

— Deve servir. É largo, e os bichos vão poder se refrescar. Além disso, nos dias mais quentes, minhas filhas podem aproveitar mais pra cima do rio. Elas adoram a natureza, são meus dois tesouros. — Ele comentou das meninas com um sorriso no rosto.

— O senhor foi muito sagaz em comprar estas terras. Tinha muita gente crescendo os olhos — continuou o rapaz.

— É um bom espaço, e, caso o vigário precise fazer alguma festa pra igreja, posso oferecer o jardim — explicou o coronel.

— O senhor frequenta a igreja, coronel?

— Mas é claro, faço questão de ajudar o vigário. Ele acolhe muita gente, como as pobres viúvas que não têm mais ninguém por elas, com um monte de criança pra criar — retorquiu o coronel com preocupação genuína, então puxou um lenço azul-claro do bolso e secou o suor da testa avermelhada pelo sol da manhã. — Me diga uma coisa, Joaquim, é normal essa negrada andar solta por aqui?

Por um momento, Joaquim não compreendeu do que Alcântara falava, até reparar para onde ele apontava.

— Ah! Alguns são ex-escravos, senhor — revelou Joaquim, e Alcântara fez um muxoxo enquanto deixava o descontentamento tomar sua face.

Ele apontou para a vastidão do leito do rio.

— Quer dizer então que eles andam soltos por aí?

— Por aqui a febre abolicionista está em alta, senhor — explicou Joaquim, se encolhendo como um bicho arisco, quase se desculpando. — Muitos intelectuais estão cobrando uma posição dos grandes fazendeiros e comerciantes que ainda têm escravos.

— Bando de almofadinhas que não sabem nada da vida.

O coronel cuspiu no chão, quase acertando as botas de Joaquim.

— Muitos estão comprando a alforria pros que ainda não têm liberdade.

— Pois que venham bater na minha porta para me cobrar alguma coisa, vou estar esperando — bradou o coronel, orgulhoso, dando um tapa no próprio peito. — E lhe digo mais, Joaquim, se eu pegar essa negrada perambulando nas minhas terras, não me responsabilizo. Ou é abatido ou vai trabalhar.

Joaquim pensou em questionar se o coronel havia comprado todas as terras ao redor do rio, o que ele sabia não ser verdade, mas, assim que reparou na pistola presa ao cinto do outro homem, achou que seria de bom-tom se calar. Também achou melhor não demonstrar ser a favor da libertação dos negros nem que seu irmão havia partido para a Capital para se juntar à luta. Ouviu com paciência enquanto Alcântara falava do rio e das cabeças de búfalo que chegariam ainda naquela semana, de como seria o primeiro criador do bicho naquelas terras, e de como tinha certeza de que construiria um império e ganharia ainda mais dinheiro.

Joaquim, que estava acompanhando Alcântara a pedido do tio, de repente ficou confuso sobre qual julgamento deveria fazer daquele homem. Os comentários sobre os ex-escravizados soavam cruéis aos ouvidos do rapaz, mas, por outro lado, alguém tão religioso, carinhoso com a família e preocupado em amparar órfãos não poderia ser má pessoa. Joaquim preferiu focar a atenção no quanto Alcântara era um homem de negócios respeitado. Tudo o que havia comentado sobre as famílias libertas provavelmente não passava de um grande mal-entendido; ele devia apenas ter se atrapalhado com as palavras. Afinal, os tempos estavam mudando e, assim como o vento, ninguém poderia controlar as mudanças que batiam à porta.

Dias depois os bubalinos chegaram à fazenda.

Alcântara os vislumbrou da grande varanda enquanto fumava charuto e observava os escravos fazerem o trabalho junto aos animais. Havia comprado um rebanho extenso da raça mediterrânea, conhecidos popularmente como os búfalos dos rios: uma mistura de várias raças indianas, mas que ficaram famosos pelo nome europeu. Eram animais desenvolvidos para a produção de leite e corte, com corpo robusto preto, os chifres medianos retorcidos para trás e as pontas voltadas para cima e para dentro. Sua cara era enorme, larga, com uma pelagem mais comprida na parte inferior da mandíbula.

O coronel desceu os degraus da varanda, sorrindo. Os búfalos tinham um temperamento dócil, o que facilitava o manejo e a adaptação naquelas terras. Com a pele escura e poucos pelos, os animais sofriam com a luz do sol quente, e, para sua criação, era necessário que a propriedade possuísse algum açude, lago ou rio para que ficassem mergulhados durante os períodos mais quentes do dia.

Ele reparou em um jovem escravo suando às pencas, sem camisa, com a pele reluzindo ao sol, e mandou que alguém lhe desse água. Seus escravos também haviam de ser dóceis, de um jeito ou de outro. Aqueles que tentavam resistir eram automaticamente domados. Domesticados, como gostava de se gabar para os outros. Tudo e todos eram sua propriedade, e para o coronel não era à toa que, no documento de compra de cada escravo, a palavra *semovente* aparecia para categorizá-los, assim como no documento de seus preciosos búfalos e cavalos. O mundo lhe pertencia, e ele tinha tudo o que desejava. Sempre conseguia o que queria e, quando se deparava com resistência, tomava à força sem sentir qualquer arrependimento. E era aquele mundo que estavam tentando mudar. Alcântara jamais deixaria isso acontecer. Gostava de pensar em si mesmo como um senhor benevolente para aqueles que lhe eram leais, assim como adorava se ver como um patrão que dava oportunidades a todos. Inclusive às escravizadas, de se deitarem na cama com ele. Elas eram boas naquilo, sabiam recusar e resistir para que o sexo bruto que ele proporcionava fosse ainda mais prazeroso.

— Encaminhe os bichos lá pras bandas do rio depois de se refrescar, Malaquias — ordenou ao jovem negro que estava no comando.

Malaquias, que possuía uma marca de chicote nas costas, mais que depressa terminou o grande copo de água fresca, montou no cavalo e organizou o grupo que guiaria os animais até o leito do rio.

Enquanto o grupo de escravos guiava o rebanho de bubalinos, Alcântara observou, consciente do próprio poder e posição, todas as criaturas que lhe pertenciam. E sorriu.

Naquele dia, a pequena família estava reunida. Eram cinco, apesar de sobrar um lugar à mesa. Não costumavam falar de quando a mãe fora roubada, tirada à força de suas vidas de um dia para o outro, deixando Antônio no início da adolescência e a pequena Tereza ainda bebê. Era como se falar em voz alta reafirmasse e tornasse real a ausência forçada e matasse qualquer esperança de que retornaria, como um milagre, para todos eles. No entanto, Antônio havia desistido daquele fio de esperança. Milagres nem sempre aconteciam duas vezes no mesmo lugar. Já tinham ganhado Aina, e não acreditava que fosse ser abençoado novamente com tamanha graça, não enquanto pessoas cruéis que os viam como meros objetos andassem tranquila e livremente pelas ruas. Havia se tornado um lutador desde então, o que era fundamental para sobreviver e reivindicar o respeito pela sua pele, origem e ancestralidade. Contudo, Francisco e Aina ficavam preocupados. Naqueles tempos, nada assustava mais do que um preto sem medo e dono de si, que se recusava a servir e abaixar a cabeça, e geralmente a resposta era violência. As notícias de que conhecidos haviam sido mortos ou simplesmente desaparecido não paravam de chegar, sobretudo com a pressão para a abolição. E era por aquele motivo que, naquele dia, a irmã de Francisco, Madalena, estava presente.

— Até quando vai ficar morando do lado de cá da margem? — questionou Madalena como quem não queria nada.

Sabia a resposta do irmão, mas precisava insistir. Ela colocou os pratos na pequena mesa redonda de madeira.

— Lena... — resmungou Francisco enquanto os três irmãos ouviam a discussão se desenrolar lentamente como um carretel.

Aina fingiu que estava prestando atenção somente à panela de quibebe que finalizava no fogo. Antônio encarou a irmã mais velha com um olhar significativo enquanto embalava a pequena Tereza no colo.

— Tudo isso por causa de um rio, Chico? Cê sabe o tanto de fazenda que tem em volta daqui? — Ela apoiou a mão na madeira e o encarou de perto. — Já falei que cês podem ficar comigo, não tem por que ficar se aporrinhando e correndo risco.

— Madalena. — O pai de santo colocou a mão sobre a da irmã. — Meu lugar é aqui, junto aos orixás, é mais perto da natureza, fica mais fácil.

— Cê tá sabendo que aquele tal coronel mão de ferro tá por essas bandas, né? E se ele bate aqui? — A mulher apontou para o trio às costas. Aina tirou o quibebe do fogo e o colocou no centro da mesa; o perfume do purê de abóbora com tempero verde se espalhou entre os irmãos que discutiam. — Dá pra chegar até o rio do outro lado da margem, meu sobrado tá quase entrando água adentro, e cê sabe que posso até ser pequena, mas consigo dar certa segurança.

— Eu sei. Ele tava no alto da colina esses tempos. Tá criando búfalo lá pra cima do rio. Avisei as crianças e meus filhos de santo sobre ele — explicou o pai.

Francisco sorriu para a irmã brava que possuía. Madalena era uma mulher de não mais que um metro e cinquenta e cinco de altura, mas tinha um espírito enorme. Um importante figurão da cidade havia caído nas suas graças e lhe dava tudo de que precisava, inclusive a casa na cidade, um sobrado que ficava quase às margens do rio sagrado. Um escândalo para as famílias que moravam nos arredores: um jovem bem-

-apessoado, que poderia conseguir um bom casamento com qualquer boa moça da alta sociedade, havia escolhido uma negra ex-escravizada. Madalena, todavia, aprendera que não podia dar ouvidos nem pautar a própria vida no falatório maldoso dos outros. Em vez disso, ria. Porque aquelas mulheres faladeiras mal sabiam que a maior parte dos maridos, fazendeiros, políticos e médicos da alta sociedade gostava de esquentar os lençóis com as mucamas e escravizadas das suas propriedades.

— Talvez fosse bom, pai — opinou Aina, colocando uma travessa com pedaços de rabada cozida no molho ao lado da panela de quibebe. — Ficar perto da cidade pode ser bom, e vamos ter tia Lena de companhia.

— Tá vendo, Chico? — insistiu Madalena, a voz aguda e carregada de razão. — Tem uma árvore muito da bonita na frente do sobrado, Aina. Cê ia adorar pra fazer os desenhos naquele seu caderno. — A tia passou a mão pelo cabelo volumoso da sobrinha; sabia que Aina guardava o caderno com cuidado e vivia rabiscando tudo o que aprendia com o pai. — E quando ela tá com flor, enche de borboleta!

A revelação arrancou um sorriso da garota. Como boa filha de Oyá, amava as borboletas e tudo o que representavam para a orixá. Aina se pegava considerando que tipo de força uma criatura tão pequena e frágil devia possuir em seu interior para passar por tamanha transformação. Sabia, sem dúvidas, que precisava de uma boa dose de autoconfiança. Assim como a tia. Aina possuía um carinho especial por Lena, pois havia sido ela quem a ajudara a voltar a falar. Não se lembrava direito, mas o pai contava que, quando a encontrara nas margens do rio, falava poucas palavras, como se tivesse se perdido em silêncio, recusando-se a falar por muito tempo. Até conhecer tia Lena.

— A gente pode levar tudo pro outro lado, pai. Amanhã mesmo vou no rio pegar os *okutás* de Laura e damos um jeito nisso tudo — comentou Antônio, juntando-se às mulheres que tentavam convencer o mais velho. Ele se sentou à mesa com a irmã mais nova no colo. — E os irmãos do terreiro só teriam que atravessar o rio pra quando fossem tocar pros orixás.

O babalorixá olhou para o grupo que havia se formado à sua frente. Cada qual com uma boa justificativa para que saíssem de onde estavam, mas havia algo que o prendia àquele lugar, além dos orixás assentados no terreiro nos fundos da casa. Uma dor latente que o visitava quando ele menos esperava, toda vez que Chico encarava as margens daquele lado do rio.

— Primeiro vamos comer, depois penso nisso — concluiu Francisco, seguido de um sorriso que deu esperança aos demais membros da família.

Jantaram quibebe e rabada temperados até lambuzarem os dedos, então tia Lena se despediu de Aina, Antônio e Tereza com um abraço apertado e um beijo na testa, porque precisava retornar para a casa do outro lado do rio. Lá fora, já na pequena cerca, se virou para o irmão mais uma vez.

— Fique bem, Chico. — Ela o abraçou. — Pense em vocês. Ela não vai voltar.

Madalena seguiu seu caminho, porque precisava alcançar a margem do rio antes que escurecesse, mas levou a preocupação pela segurança da família dentro do coração que batia forte e a alertava de que corriam perigo.

Já era fim de tarde quando Aina andava ao lado do rio em busca de algumas ervas para os ritos de Laura. Sabia que a que faltava costumava crescer em lugares úmidos próximos às margens. Ela se abaixou para vasculhar um conjunto de vegetação alto com folhas miúdas porque pareciam muito com a que precisava. Pegou uma e esfregou a folha na mão, então sentiu o aroma. Era a erva errada. Um tanto frustrada, largou a folha no meio da grama e inspirou fundo enquanto olhava ao redor.

Sua atenção foi capturada por uma borboleta avermelhada que sobrevoou as águas em sua direção e provocou um sorriso. Observou o bater de asas tranquilo e como ela planava com o vento enquanto terminava de cruzar o rio, aquelas águas sagradas para sua família. O rio tinha vida própria, respondia àqueles que precisavam de um acalento e, por isso, não era incomum que algumas pessoas vissem aparições quando mais necessitavam de uma resposta para seus conflitos. A borboleta pousou em uma rocha na margem e pareceu aproveitar o sol do entardecer. Então um movimento atrás da borboleta fez Aina erguer o olhar. Alguma coisa havia passado pelas águas douradas do rio. Ela se endireitou devagar, tentando entender o que estava à sua frente, e, quando enfim conseguiu discernir, sentiu o corpo ficar frio de espanto.

O rio sangrava.

Aina andou até as margens e olhou com pavor para as águas vermelhas como um rubi, como as asas da borboleta que acabara de ver. Um calafrio percorreu seus braços quando ela viu partes de algum animal flutuarem para longe no meio das águas rubras. Alguém sangrava o rio. Ela andou em direção contrária à correnteza enquanto o rio corria violento, carregado de ódio e sangue. Então ergueu o olhar para a colina distante, que fazia divisa com uma das maiores fazendas da região. Seus olhos escuros encontraram o homem que havia visto dias antes. Estava montado no cavalo e a observava do alto da colina. Aina o encarou de volta e, mesmo de longe, pôde sentir o olhar perverso dele, como um predador que espreita a presa.

Ela não correu nem manifestou qualquer medo. Aina havia aprendido que, perante um predador, não se corria, mas o encarava com a mesma ferocidade. Filhas do vento não se assustavam com mau tempo, tiravam dos trovões e relâmpagos a força para seguir em frente. Assim como o bambu jamais quebrava perante a mais forte ventania, mas dançava com ela na mesma intensidade. O vento rodopiou ao redor de sua filha, e Aina jurou ter escutado Oyá lhe chamando para a guerra, adornando-lhe com sua coroa de marfim, rodopiando seu *eruexim* enquanto convocava uma tempestade e lhe dava a força de cem búfalos.

O segredo do vento

O cavalo puro-sangue de Alcântara bufou e trotou, nervoso, e o coronel tentou acalmá-lo, sem entender o motivo de tanta agitação do bicho. Odiava não ter o controle das coisas, principalmente daquilo que o pertencia. Ele bateu o chicote no corpo do cavalo para trazê-lo de volta ao seu comando e olhou para a garota no leito do rio. Continuava parada com uma pose presunçosa, sem medo do que poderia lhe acontecer. O coronel deixou escapar um sorriso perverso nos lábios enquanto a via como um animal selvagem que deveria ser domado. Seus escravos jamais o olhariam daquele jeito. Sabiam o que aconteceria, principalmente uma mulher. Pensou em puxar a pistola e dar um tiro para cima, apenas para vê-la se assustar, mas desistiu. Gostava da ideia de deixá-la confiante o bastante para se aproximar ainda mais e então poder tomar as devidas providências.

Uma trovoada anunciou a chegada de uma chuva de verão. Aina olhou para o céu, como se escutasse um chamado, então voltou a atenção para o coronel. Por mais que sentisse medo, permaneceu e experimentou a sensação de o medo dar lugar à satisfação e bravura ao ver o homem dar meia-volta e ir embora.

Quando ele sumiu por detrás da colina, Aina soltou o ar, nervosa. Uma chuva morna torrencial caiu sobre seu orí e corpo e ela fechou os olhos, acreditando que era a orixá-mãe derramando suas bênçãos sobre a filha. Agradeceu em silêncio entre uma trovoada e um relâmpago enquanto dava os primeiros passos para longe, mas, antes de entrar na segurança da mata, olhou uma última vez para a colina, para onde o temível homem havia parado. Um novo relâmpago cortou o céu, e um raio caiu em algum lugar distante.

Filhas do vento não temiam o mau tempo.

3. *Búfalo*

A chuva se recolheu na manhã seguinte, dando ao sol uma nova chance de brilhar sobre as águas douradas do rio. Como havia sido combinado, Aina e Antônio acordaram cedo para encontrar o *okutá* de Oyá que faltava para os ritos. Havia um motivo a mais em todo o esforço matutino: tinham esperança de que ajudar o pai pudesse deixá-lo mais aberto a conversar sobre a mudança e talvez pudessem convencê-lo a irem morar na segurança das margens opostas.

— Não se sente estranha no rio? — perguntou Antônio enquanto atravessavam a gruta de pedra e o chão úmido.

O garoto tentava fugir das gotas que pingavam da rocha ao seguir a irmã mais velha.

Aina sentiu o peito doer com a pergunta. Sabia exatamente o que ele questionava, o assunto que todos fingiam não existir.

— Não posso reclamar do pai — respondeu Aina, limpando uma gotícula que caiu da gruta na testa e escorreu pela face. — Ainda espero ela voltar. — Ela olhou para o irmão e puxou o ar numa tentativa de aliviar o aperto repentino no peito. — Imagino ela surgindo nas margens e seguindo o caminho de volta pra casa.

— Acho que ela tá morta — confessou Antônio, a voz baixa em tom de oração. — Toda vez que preciso olhar pro rio, é como se eu olhasse pro túmulo dela. Me pergunto se ela conseguiu lutar pela própria vida. Se resistiu.

Aina olhou para o irmão e passou a mão no cabelo cacheado, sem saber muito bem o que deveria dizer para consolar seu coração.

— Bom, a mãe também era filha de Oyá — lembrou ela com carinho enquanto pulava uma pedra. — Como ela costumava dizer?

— *Valente como um búfalo. Livre como uma borboleta. Indomável como a tempestade.* — Antônio repetiu as palavras da mãe como se fossem uma das saudações aos seus orixás.

Ele as havia decorado e as carregava dentro de si como uma reza que ressoava nos momentos mais difíceis.

— Quem sabe ela não volta pra gente um dia, Antônio? Tenha fé.

Aina tentou animar o irmão, mas secretamente pensava o mesmo que ele. Esperava algum sinal, algum sonho ou mensagem do mundo espiritual por meio dos búzios do pai de que ela havia partido para sempre. Sabia que aquele dia, em que teriam que enfrentar a realidade e guardar as esperanças, chegaria.

Os irmãos cruzaram a gruta e vislumbraram o rio cheio, muito acima do nível dos dias anteriores devido à chuva. Aina vasculhou o lugar em busca de perigo, mas não havia nada além dos dois e os sons da natureza ao redor.

— Não vamos demorar, Antônio — alertou ela ao se lembrar do homem desprezível que vira no alto da colina.

Ela entrou no rio e sentiu um arrepio pelo corpo quando as águas frias daquela manhã tocaram seus tornozelos. Começaram a procurar pelo *okutá* com a forma certa. Pegou uma pedra do fundo do rio e a analisou, girando-a na mão. Recordou-se do dia em que fora levada até o leito do rio para escolher o próprio *okutá* de modo a receber sua orixá de cabeça. Ventava muito naquela ocasião, e não houvera nenhum sinal da pedra adequada, até que ela observara uma borboleta flutuar na ventania. A pequena criatura colorida, diferente deles, não parecera se importar ou lutar contra os ventos fortes daquele dia, mas o acompanhava no mesmo ritmo, deixando que as correntes a guiassem até seu destino.

Aina, fascinada, seguira a borboleta para dentro do rio e se deparara com a pedra meio escondida nas águas. Quando Aina a capturara, possuía a forma perfeita de que precisava. Aquela rocha havia se tornado seu *okutá*, aceito pela orixá Oyá, e naquele momento fazia morada dentro de uma tigela no quarto de Santo nos fundos da casa do pai. Todos os dias Aina visitava sua Oyá e pedia por proteção para ela e sua família, pedia por segurança e que, assim como o pai e a tia tanto prezavam, que ela os guiasse para um lugar em que poderiam viver debaixo de suas asas protetoras, longe dos males do mundo; afinal, Oyá era a mãe dona de todos os tetos, de todos os lares.

A garota havia se tornado uma grande devota e estudiosa dos rituais e saberes antigos, anotava tudo em um pequeno caderno assim que começara a aprender melhor a ler e escrever. O pai a fizera aprender; mais uma troca de favores que havia conseguido e mais um direito que lhes fora roubado e precisavam tomar à força. Quando faltavam palavras, Aina desenhava, mas jamais deixava de anotar os ensinamentos que o pai lhe passava. Tinha medo de que a tradição acabasse, de que não houvesse ninguém para passar adiante os saberes que costumavam ser perpetuados oralmente. Ser do axé também era ser, em parte, um contador de histórias.

Enquanto segurava a pedra, sentiu uma presença às suas costas e parou. Ela ergueu o olhar para Antônio, que a encarava de volta, atônito.

— Aina — sussurrou ele —, não se mexa.

Ela ouviu algo bufar a poucos metros e, indo contra o que o irmão acabara de orientar, se virou devagar. A pedra que segurava caiu, voltando ao seu lar no fundo do rio, tamanha a surpresa dela.

— Minha nossa... — falou ela baixinho.

Um grupo de búfalos entrava no rio, ignorando completamente a presença dos dois. Aina permaneceu imóvel; jamais imaginara que teria a oportunidade de vê-los tão de perto. Enquanto os bubalinos relaxavam o corpo nas águas frias, balançando as orelhas, um deles ergueu a cabeça com enormes chifres voltados para cima, observou Aina e andou para longe do grupo, em direção à filha dos ventos.

— Aina... saia daí — orientou Antônio, ainda sussurrando.

Aina, no entanto, encarou aquela criatura poderosa andar em meio às águas em sua direção, como se a houvesse escolhido. Sua mente fascinada voltou para o *ítan* que a mãe contava sobre a habilidade de Oyá de se transformar em búfalo, e como ela havia encantado Ogum com aquilo. Ela observou os olhos pretos do búfalo, que vasculhavam sua alma em busca de algo, e sorriu, emocionada. Aina andou, hesitante, na direção do animal, então parou e esperou que ele terminasse o trajeto entre os dois.

Podia sentir o poder e a presença de Oyá ao redor. Estava na brisa que a cercava e balançava as folhas dos bambuzais próximos e na força do búfalo à sua frente. Tomando coragem, ela ergueu a mão. Preferiu fechar os olhos por um instante, então sentiu o ar quente atingir sua palma. Aina abriu os olhos para vê-lo inclinar a cabeça em sua direção, fazendo-a quase tocar os chifres pontudos.

A jovem sorriu um sorriso carregado de lembranças da infância e das histórias que a mãe contava sobre a orixá que as regia. Sentiu os pelos pretos úmidos da cara do búfalo respingada pelas gotas do rio, e o calor da sua respiração se misturou com o dos raios do sol que cruzavam os galhos de uma árvore próxima e despejavam seu brilho sobre os chifres imponentes. Uma criatura que poderia fazer um grande estrago se provocado, debaixo de seu toque. Antônio, que observava a cena da margem, também não conseguiu segurar o sorriso por muito tempo. Ali estava uma filha das tempestades com seu búfalo, um animal valente que poderia derrubar os dois sem esforço, aceitando o afago da filha de Oyá.

O segredo do vento

Um tiro cortou a paz daquele momento e assustou os bubalinos. Aina se voltou para o irmão, que encarava o alto da colina.

— Aina! — gritou ele, e a garota viu um grupo de homens montados em cavalos disparando na direção dos dois.

Um deles, Aina sabia, era o coronel.

— Corre, Antônio! — respondeu ela, se afastando do búfalo, que pareceu sair do encanto repentino, como se a conexão com a orixá-mãe houvesse sido cortada de maneira violenta, ficando extremamente agitado, assim como o resto do rebanho.

Os búfalos correram para todos os lados, assustados, em busca de um abrigo, e um deles quase atropelou Antônio.

A primeira coisa que veio à mente de Aina foi que haviam deixado as cartas de alforria em casa, mas, pela fúria e velocidade que estavam indo atrás dos dois, ela sabia que não se importariam de conferir qualquer documento, afinal, eram negros, ex-escravizados, e aquilo era o bastante para que se sentissem no direito de atirar primeiro e perguntar depois.

— É bom correr mesmo, negrada — gritou o coronel Alcântara, animado, como se estivesse em uma caçada.

Sentia a excitação da perseguição percorrer seu corpo. Não interessava se os animais estavam além da fronteira de sua propriedade; Alcântara havia passado os últimos dias esperando por aquela oportunidade e não admitiria que colocassem a mão no que era seu.

Algo dentro de Aina ferveu de raiva conforme ouvia os xingamentos e ameaças dos homens logo atrás e se imaginou na pele da mãe, naquele mesmo lugar, naquelas mesmas margens, acuada enquanto ameaçavam seu corpo, sua dignidade e sua família. Aina correu até não ter mais fôlego e, depois de alguns instantes, teve a certeza de que não conseguiria. Ela olhou para trás e viu o irmão correndo tão desesperado quanto ela. Às vezes, sentiam que haviam passado a maior parte das vidas naquela situação, fugindo de alguém ou correndo atrás de algo inalcançável.

— Peguei você, seu ladrãozinho — disse um dos capangas do coronel, orgulhoso, usando o cabo da espingarda para derrubar Antônio, que caiu de cara na terra avermelhada.

Aina sentiu o peito doer quando ouviu os gritos do irmão e se virou uma vez mais.

— Não! — berrou ele, erguendo a mão para ela. — Continua, Aina! Corre! Sai daqui!

Aina sentiu as pernas falharem ao ver Antônio naquela situação. Olhou ao redor em busca de algo que pudesse usar como defesa, mas não havia nada que fosse páreo para as armas e o ódio daqueles homens. Lembrou então de um dos ensinamentos do pai numa situação daquelas: *não reaja, não responda, não faça movimentos bruscos. Se um for capturado, o outro deve procurar ajuda.* E Aina sabia que o pai e a tia poderiam buscar os contatos que os deviam favores.

— Ela é sua vadiazinha? — perguntou o coronel, descendo do cavalo e olhando para Aina.

Ao notar o tom do homem, ela voltou a correr, desesperada pela própria vida e a do irmão. Precisava chegar à casa, conseguir ajuda. Algum amigo do pai ajudaria.

— Aina, saia daqui! Vai logo! — gritou o garoto, sentindo a bota de um dos capangas pressionar sua nuca.

Enquanto fugia, ela ouviu as risadas do coronel, excitado para caçá-la e tomá-la para si. Embrenhou-se mais na mata do que de costume, numa tentativa de enganá-lo e, quando finalmente alcançou a gruta, não sentia mais as pernas e os pés. Infiltrou-se por entre as pedras, a passagem estreita demais para que passassem com cavalos. Ela se encolheu no vão entre as rochas e se abaixou, segurando os joelhos e tentando controlar a respiração afoita.

— Não pode se esconder pra sempre! — A voz do coronel ecoou do lado de fora da gruta. Ele olhou para a escuridão, com a arma em punho. — Se não aparecer agora, vou voltar e ir atrás de você e de toda a negrada que chama de família.

Aina fechou os punhos com força, até que as unhas cravassem na palma. Não compreendia como alguém tinha coragem de falar tais coisas alto sem sentir vergonha de si mesmo. Queria voltar e salvar o irmão, queria revidar, dar àquele homem o que merecia. Mas não podia. Todavia, tinha esperança de que, se pegasse a carta de alforria de Antônio e a apresentasse, teriam que libertá-lo. Quando teve certeza de que Alcântara havia desistido e mudado a rota para encontrá-la, Aina saiu do esconderijo e correu para casa.

Desesperada e aos prantos, relatou ao pai o que havia ocorrido. Francisco saiu no intuito de mandar um aviso aos seus contatos de confiança. Sabia que o doutor que o ajudara não lhe faltaria naquele momento, mas não conseguiria ficar parado esperando até que chegasse. Quando retornou para casa, pegou a carta de alforria do filho, deixou a pequena Tereza aos cuidados de uma família conhecida e decidiu tentar a sorte.

O pai de santo colocou o chapéu na cabeça e se apressou ao lado da filha em direção à propriedade do coronel Alcântara. Francisco insistira para que Aina ficasse em casa, mas a jovem jamais deixaria o pai ir sozinho àquele lugar desprezível e perigoso. Não foram pelo trajeto do rio, uma vez que Alcântara poderia alegar que estavam invadindo sua propriedade, então deram a volta para entrar pela frente.

Os dois encararam as porteiras da fazenda. Ao longe, Aina observou outro grupo de búfalos pastando. Não havia ninguém à vista, por mais que Francisco tocasse o sino que avisava que havia visitantes. Eles sabiam que teriam de esperar. Se entrassem sem autorização, seriam alvos fáceis, dois pretos invadindo a propriedade. Enquanto o pai insistia em tocar o sino, na mente da jovem passavam apenas imagens do que poderiam estar fazendo com o irmão e como queria ter a espingarda que o pai guardava em casa naquele momento. Conforme os minutos passavam, ela se imaginava entrando pela porteira, atirando em cada um daqueles homens que a ameaçaram e tiraram seu irmão de baixo de seu teto.

— Com licença! — gritou Francisco ao ver um dos capangas do coronel.

O homem estreitou o olhar para o pai de santo e começou a andar até a porteira.

— O que vocês querem? — questionou, ríspido, mas os olhos percorreram as curvas do corpo de Aina.

Francisco puxou o ar, tentando conter a preocupação e a raiva.

— Acredito que houve um engano — começou ele, mesmo sabendo que não havia engano algum; havia sido treinado a mudar o tom para falar com aquela gente que só ouvia se falasse em tom de submissão. — Meu filho foi — ele pigarreou — levado por vocês. Tenho aqui a carta de alforria dele. Antônio é um jovem livre.

— Ele é o quê?

O capanga colocou a mão na cintura e abaixou a cabeça para encarar Francisco dentro dos olhos. Sua testa estava vermelha, descascando pelo trabalho debaixo do sol, e os olhos claros passaram do pai de santo para a garota.

— Meu irmão é um homem livre. Não vamos sair daqui até falar com o dono da fazenda.

Um sorriso maldoso surgiu lentamente no semblante do capanga quando entendeu quem eram. Ele abriu a porteira e deu passagem para os dois.

— O coronel vai gostar de saber disso — resmungou ele e riu em seguida.

Aina observou quando ele colocou a mão na pistola que carregava no cinto, um lembrete para os dois.

— Mas o que é que tá acontecendo, Zé? — perguntou o coronel, em tom indignado, ao vê-los andando em direção à grande casa.

— Ô patrão, esses dois tão falando que aquele negrinho é da família deles e é livre.

Alcântara cuspiu no chão e se levantou da cadeira de balanço em que estava sentado na varanda ampla da casa. Ele despiu o paletó azul-escuro, e o gesto chamou atenção para a arma em seu cinto. O coronel olhou para Francisco, e Aina viu o desprezo que ele nutria. Então ele focou o olhar nela. A filha de Oyá sentiu aqueles olhos esmiuçarem seu corpo. Uma das várias situações desconfortáveis que uma mulher podia passar. Aina odiava se sentir observada e despida por pensamentos e olhares masculinos. Podia ver o desejo perverso disposto a tomar o que queria mesmo que à força. Daria tudo para ter aquela espingarda que deixaram em casa.

— O que é isso que tá carregando, homem? — perguntou o coronel, e o babalorixá mostrou o documento.

— Meu filho tem carta de alforria, senhor. Vim buscar ele, porque acredito que tudo não passou de um grande mal-entendido.

Os olhos do coronel leram rapidamente as palavras e ordens do papel. Ele ergueu a sobrancelha com alguns fios brancos, seu semblante carregado de dúvidas.

— Mas isso não quer dizer nada. — Ele deu um tapa no papel. — Isso aqui pode muito bem ser falso. Esse negrinho tava perambulando na minha terra, perto do meu rebanho, com más intenções. Não admito negro preguiçoso que fica só vagabundeando por aí. Aqui, todos têm que trabalhar.

— Ninguém tava na sua terra — respondeu Aina, dando um passo adiante, e Francisco a conteve com a mão.

De certa forma, a ousadia da garota despertou ainda mais o desejo cruel dentro do coronel. Adorava domar animais ariscos. Ele deu um passo à frente.

— Tá me chamando de mentiroso, menina? — Ele a encarou e, para sua surpresa, ela não desviou o olhar, mas o sustentou, negando-se a baixar a cabeça. — Não posso deixar ele ir, sendo que pode muito bem ser um criminoso e isso aqui ser falso. Preciso de garantias. — Ele voltou a falar com Francisco.

O pai de santo pegou o papel das mãos do coronel, que pareceu um tanto resistente em devolvê-lo.

— Mas tá tudo dentro da lei! — acusou Aina. — Não pode manter ele em cativeiro!

Ele apontou para ela.

— Acho que a lei vai ficar do meu lado quando contar que seu irmão estava perto do que é meu.

— Ninguém tava dentro da fazenda.

— Aina... — alertou Francisco.

— Aí é a sua palavra contra a minha — respondeu o coronel, estufando o peito.

— Calma, minha filha — Francisco a segurou pelo braço —, o coronel tem os motivos dele. — Fingiu uma compreensão que não existia. — Podemos ver António, por favor?

Alcântara olhou o pai de santo por um longo momento, e Aina viu certa satisfação perversa cruzar seu semblante.

— Zé — gritou ele para o capanga —, leva eles pra ver o negrinho.

Aina observou o homem desprezível puxar o fumo do bolso, acendê-lo e tragá-lo com deleite. Sabia que nada de bom poderia vir daquele lugar e temeu como nunca pelo irmão. Enquanto descia os degraus da varanda e seguia o capanga até os fundos, em direção a um galpão, Aina sentiu o coração bater acelerado, e um nó se formar em sua garganta. Naquele pequeno espaço de tempo, imaginou o irmão sem vida, atirado no chão, e rezou para todos os orixás que aquele horror não passasse de um fruto de sua imaginação.

Zé abriu a porta do galpão, e Francisco segurou o papel com mais força. Aina correu os olhos pelo lugar enquanto os mais diversos sentimentos se apossavam de seu ser. Vários homens e mulheres, irmãos de cor e santo, estavam largados em condições desesperadoras. Alguns estavam amordaçados, outros presos pelos pés e mãos, punidos pelo crime de terem tentado lutar pela própria vida, liberdade e direitos que lhes foram roubados.

— Podem entrar — informou Zé, e tanto Aina quanto Francisco sentiram o tom maldoso, carregado de ironia em cada palavra dele —, esses daí já foram domado. Tão mansos quanto os búfalos do patrão.

Aina olhou o capanga. De fato, ele não deveria saber que um búfalo sozinho poderia até ser abatido facilmente, mas, quando provocados e juntos em um mesmo rebanho, eram imbatíveis.

Os olhos da garota pousaram em Antônio, amarrado e sentado num canto escuro. Antônio, que ainda era um

O segredo do vento

garoto franzino, estava curvado e tentando controlar a dor que sentia.

— Mano! — Ela correu em sua direção, e ele ergueu a cabeça, evidentemente cansado de lutar.

— O garoto é um lutador — disse Zé para Antônio como um elogio. — Tentou fugir e aguentou a punição.

Francisco encarou o capanga com um olhar incrédulo e fez os passos da filha até onde Antônio estava. O pai se abaixou e segurou o rosto com sangue seco na mão.

— Pai... — sussurrou Antônio, cansado.

— Vou tirar você daqui, filho. — Ele se aproximou mais e olhou na direção de Zé, ainda parado na porta. Então começou a sussurrar: — Não faça nada que dê motivos, meu filho. Escute bem, não vá contra eles, não provoque. Vou tirar você daqui e quero que saia com vida. Tá entendendo?

Aina olhou as costas de Antônio. Havia marcas de chicote ali, e seus pulsos estavam machucados. Seu irmão, um garoto inocente e bom, havia sido preso, enquanto os animais andavam livres no pasto, orgulhosos do poder e medo que despertavam em qualquer um que se aproximasse, orgulhosos da cor alva de suas faces e seguros de si pelas armas que carregavam junto ao cinto, prontas para serem disparadas.

— Desgraçados! — amaldiçoou Aina, e Francisco pediu silêncio.

— Não é hora pra provocações, Aina. — Ele conferiu o capanga uma vez mais.

Achando que havia muitos cochichos entre os três, Zé foi até o grupo.

— Acho que já deu mais do que tempo pra falarem. — Ele colocou a mão no cinto.

— Força, meu filho — disse Francisco, segurando o ombro do garoto.

O pai de santo se viu dividido entre o que deveria e o que queria fazer. Por dentro, estava sangrando junto ao filho, queria tirá-lo daquele lugar e levá-lo de volta para casa, nem que aquilo custasse a própria vida. No entanto, Francisco sabia que, para a segurança de todos da família, deveria ser cuidadoso. Uma palavra errada, e um gatilho poderia ser puxado na direção de qualquer um deles.

Ele segurou Aina pelo braço e a conduziu para fora do galpão enquanto ela enxugava os olhos marejados de raiva. Conforme andavam para fora da propriedade, o coronel os observava do alto da varanda com seu fumo e opinião muito bem formada. Secretamente, gostava de ser desafiado e de uma boa briga; aquilo lhe dava a sensação de poder, de ser dono de tudo e de todos. Porém, odiava perder, e não deixaria Antônio ir tão facilmente.

4. Rio

Assim que chegaram à casa, Francisco buscou Tereza e a deixou aos cuidados de Aina.

— Não saia daqui se não for necessário. — Ele pegou a espingarda debaixo da cama e a colocou na mesa. — Ainda se lembra como usar isso, né?

Aina anuiu em silêncio enquanto embalava a bebê nos braços.

— Separa os santos — coloca dentro de uma caixa com cuidado. Assim que voltar com seu irmão, vamos pra sua tia. Separa roupa pros seus irmãos também. Só pega o necessário que não vai atrapalhar no caminho. O resto a gente pode pegar outro dia. A casa da sua tia faz fundo com o rio, ela vai ver a gente chegando.

Ele tentou convencê-la de que já deveria esperar no sobrado com Lena, mas Aina se negou. Não deixaria a família para trás. Aina observou o pai ir até o terreiro e se ajoelhar em frente aos orixás. Ele acendeu uma nova vela aos pés da santa, de Oxum, e bateu cabeça em respeito. Então se voltou para Ogum e Exu, orixás donos dos caminhos e estradas, e rogou por proteção, para que iluminassem sua jornada e assegurassem que seus filhos ficariam bem debaixo de um teto que lhes desse segurança.

Quando ele retornou, Aina o viu colocar uma arma na cintura e cobri-la com a camiseta. Naquele momento, soube que o pai faria tudo para trazer Antônio de volta. Aquilo também lhe deu certeza de que o coronel viria atrás deles. Por aquela razão, precisava juntar tudo para partirem o mais rápido possível.

— O que o senhor vai fazer, pai? — perguntou ela, enquanto ajeitava Tereza nos braços.

— O doutor e um amigo dele estão esperando. Ele é autoridade. Vai convencer o coronel de que a carta precisa ser respeitada e vão soltar seu irmão — explicou Francisco, colocando a guia de Oxum ao redor do pescoço e a escondendo por dentro da camisa.

Aina sabia que o amigo do pai era respeitado e tinha autoridade não pelo diploma que carregava com orgulho, mas por não ser preto. Era naqueles momentos que ela se perguntava até quando precisariam pintar tudo que era deles de branco para que fossem ouvidos e respeitados. Seus orixás, mais antigos que os deuses brancos, precisavam se camuflar por trás da face alva dos seus santos para que pudessem ser cultuados. Sua cultura não era vista com bons olhos, seus reis e rainhas haviam sido roubados, humilhados e escravizados, como se a coroa que carregavam não valesse como a dos brancos. Até quando, ela se perguntava, precisariam embranquecer e ignorar a própria pele, ancestralidade e divindade para serem aceitos? Quem havia dito que o branco era superior ao preto?

Enquanto ponderava, ela se lembrou dos homens e mulheres no galpão de Alcântara, e seu sangue ferveu ainda mais. O coronel os tratava como animais. Na verdade, tratava-os pior que os búfalos, e aquilo não poderia mais ser aceito como algo normal. Desejava como nunca ser livre, sentia aquilo dentro de si, nos cantos mais profundos da alma, ansiava pela liberdade dos ventos que a conduziam naquela vida.

Francisco foi até as filhas, deu um beijo no topo da cabeça da pequena e passou os dedos nos cabelos crespos de Aina.

— Reze, minha filha, peça pra sua mãe Oyá proteger nossa família e nosso lar. Quando a gente pede algo com muita fé, com todo o coração e força, sempre vai ter alguém ouvindo — orientou Francisco, então pegou a carta e partiu.

Assim que o pai cruzou a cerca de madeira, Aina colocou Tereza no berço e começou a juntar as coisas de que precisavam. Fez uma grande trouxa de roupas, com o necessário para que fugissem para o outro lado do rio, então foi até o quarto de Santo. Pegou uma caixa de madeira e começou a organizar todos os orixás ali dentro, tanto os seus quanto os do pai. Ela segurou o *okutá* que carregava sua orixá Oyá, encarou a pedra redonda entre as mãos e então, com cuidado, a colocou na caixa.

Por último, colocou os poucos pertences perto da entrada e, sem poder fazer mais nada, esperou.

As horas se passaram lentas, se arrastando ao redor de Aina, que permanecia sentada numa cadeira de frente para a porta. Segurava a espingarda e revezava a atenção de Tereza para qualquer sinal de alguém que se aproximasse. A noite já havia avançado quando ela acordou do cochilo em sobressalto com o som do pai abrindo a porta.

Francisco entrou, cambaleante, cansado e com ferimentos.

— Onde está Antônio? O que aconteceu? — questionou ela, olhando para além do pai.

Não havia qualquer sinal dos outros dois homens que deveriam tê-lo acompanhado.

— Preso com os outros. — Francisco se sentou, apoiando a mão no joelho, e um fio rubro escorreu por sua testa. — Atiraram no doutor, Aina. Não respeitaram nem o doutor.

— O quê? — inquiriu ela alto enquanto pegava um pano molhado para limpar os ferimentos do pai.

— Precisamos sair daqui. Preciso deixar você e Tereza em segurança. Ele vai vir atrás da gente, ele disse. Tava falando sério.

— Mas e Antônio?

— Não vou desistir dele — garantiu o pai de santo, com firmeza, enquanto pegava a espingarda de cima da mesa e conferia se estava carregada. — Mas preciso tirar vocês duas daqui.

Aina viu a preocupação no semblante do pai, o homem que amava aquele lugar, os orixás, seus filhos de santo e o rio. Para deixar tudo para trás, era grave. Não quis fazer mais perguntas sobre o que havia acontecido, mas pelo jeito Francisco havia fugido, e não tinham tempo para explicações. Ela se apressou para pegar a trouxa de roupas e a caixa com os orixás. Olhou uma última vez para sua mãe Oyá.

— Eu levo isso.

O pai pegou a caixa enquanto ela amarrava a trouxa às costas e pegava a irmã no colo.

Ele puxou a guia amarela de Oxum para fora da camisa enquanto fechava a porta e olhava para a casa na qual havia passado os últimos anos com a família, então fechou a porta, e os dois se embrenharam no mato. Não demorou muito para verem os cavalos vindos da fazenda do coronel galopando pela estrada próxima.

— Pai... — choramingou Aina, com medo enquanto ajeitava a irmã no colo.

— Fique calma — sussurrou ele.

Ela puxou a trouxa de roupas para cima do ombro, e o pai a fez parar e se abaixar. Os dois olharam em direção à casa e viram quando o grupo de homens surgiu. Faziam um escarcéu em meio à madrugada, sem se importarem que as poucas famílias ao redor soubessem o propósito pelo qual estavam ali. Não havia medo de represálias. Aina viu o coronel permanecer em cima do cavalo enquanto os capangas desceram e invadiram a casa aos chutes.

— Não tem nada aqui, não, patrão — respondeu um deles.

— Queimem — ordenou Alcântara, e Francisco sentiu o coração doer.

Havia deixado muita coisa no terreiro, imagens, assentamentos. Tudo seria queimado. Uma ofensa aos seus orixás. Aina viu a casa arder com as primeiras chamas e se perguntou se teriam feito o mesmo se ela e os irmãos estivessem lá dentro. Sabia a resposta.

— Vamos — disse Francisco baixinho, e seguiram abaixados por entre o mato próximo.

Tereza às vezes resmungava no colo de Aina, e a cada passo a garota rezava para que a pequena não denunciasse onde estavam.

Enquanto fugiam, ouviam os galopes dos cavalos e as ordens de Alcântara. Eles vasculhavam como cães em busca de uma presa e, quando encontravam alguém, perguntavam se havia visto a família. Como era de se esperar, Alcântara estava espalhando o boato de que António havia tentado invadir e roubar algo da fazenda. Poucos acreditariam na mentira, mas ninguém teria coragem de enfrentá-lo com a verdade. Francisco sentia dor em todo o corpo e às vezes apoiava a caixa com os *okutás* no chão, mas jamais desistiria de alcançar o barco ancorado no leito do rio.

Quando chegaram às margens, Aina teve certa esperança da liberdade que se aproximava.

— Rápido, filha — disse ele, colocando a espingarda dentro do barco e desenrolando a corda que segurava a pequena embarcação em terra.

Aina entrou no rio, a água fria da madrugada molhando seu vestido até os joelhos. Com a pressa e o desespero ao entrar no barco, acabou sacudindo Tereza, que acordou e resmungou. Ela encarou a pequena no colo e a ninou, enquanto ouvia os galopes cada vez mais próximos.

O choro da mais nova cortou a noite, e Aina olhou para o pai, atordoada, ao perceber que o grupo devia ter escutado. Francisco ouviu a voz do coronel e, ao ver as duas filhas dentro da canoa, percebeu que precisaria ser mais rápido se quisesse que todos se salvassem. Desesperado, ele empurrou a canoa para mais longe enquanto Aina observava horrorizada a forma do coronel montado no cavalo surgir nas sombras por detrás das árvores. Ela acomodou a irmã sobre a trouxa de roupas e pegou os remos.

A filha de Oyá sentiu o barco flutuar sobre as águas, e a pequena Tereza chorou um pouco mais alto, mas ela já não se importava em conter os gritos da menor, uma vez que o coronel descia do cavalo e se movia rápido às costas de Francisco.

— Pai! — gritou ela enquanto o pai de santo seguia na direção da canoa levando a caixa com os *okutás*.

O disparo rompeu a noite, deixando todos paralisados.

Aina viu o pai, que carregava a guia amarela de Oxum ao redor do pescoço, tombar de joelhos dentro do rio que lhe era tão sagrado. Ele deixou a caixa cair em seus pés, e os *okutás* submergiram nas águas douradas, retornando para o lugar de onde haviam sido tirados.

— Não! Pai! Pelo amor de Deus! — gritou Aina, sentindo como se tivessem atirado em seu próprio peito.

Então ela viu Alcântara sorrir de satisfação, o braço ainda estendido segurando a pistola na direção de Francisco. Aina não conseguiu acreditar em tamanha covardia. Seu pai levou a mão ao peito, a camisa branca ficando cada vez mais rubra. Ele balbuciou algo enquanto olhava as duas filhas uma última vez e pensou em Antônio, e desejou de todo o coração que pelo menos as duas conseguissem se salvar. Nos momentos finais, levou seus pensamentos à amada, que fora levada naquele mesmo lugar, e aos seus orixás, que seguiram ao seu lado até o fim.

Caiu para a frente, sem vida, recebendo o abraço das águas doces de Oxum enquanto os *okutás* afundavam cada vez mais ao seu redor. O silêncio foi cortado pelo lamento de Aina e Tereza, que navegavam em meio à escuridão daquela noite trágica.

Para Aina, tudo ao redor pareceu se mover lentamente, como se nada daquilo fosse real. Mal ouvia os gritos de Tereza enquanto encarava a forma do pai caída no rio. Então, em meio à confusão, pegou os remos e remou para longe o mais rápido que pôde. Ela viu o coronel mover o braço, com a pistola em riste na direção das duas, e esperou que ele atirasse. Mas ele apenas sorriu e abaixou a arma. Queria se deleitar com a sensação de capturar Aina, de domar a criatura indômita que fazia morada em seu espírito. Sabia que teria aquela oportunidade em breve e apenas por aquele motivo teve o prazer de mantê-la viva.

Ela remou por pelo menos uma hora até chegar à outra margem. Quando saiu, cambaleou e quase deixou Tereza cair pela dor e cansaço nos braços. Aina olhou para o rio, ainda camuflado pela noite, e caiu de joelhos na margem enquanto segurava Tereza. Então gritou e chorou desesperadamente, sem forças e sentindo a dor da perda tomar conta de toda a sua alma. Olhou para a irmãzinha. Só havia sobrado as duas. Pouco a pouco, sua família havia sido levada pelo mesmo motivo injusto e cruel.

— Aina? — Uma voz familiar soou em meio à escuridão. Ela olhou, assustada, em direção à voz e encontrou tia Lena segurando um lampião com o sobrado ao fundo. — Por tudo que é mais sagrado, menina. O que aconteceu?

— Tia — respondeu ela, caindo num choro mais profundo enquanto Madalena tomava Tereza nos braços.

Enquanto andavam até a casa da tia, Aina narrou as últimas horas de horror que havia passado. Madalena chorou, se revoltou com tudo e amaldiçoou a si mesma por não ter arrastado o irmão para o outro lado do rio. Havia feito a promessa de que cuidaria das duas e daria um jeito de achar alguém que pudesse intervir pelo sobrinho.

— Descanse, minha flor — disse a tia para a sobrinha assim que a acomodou no quarto.

Seriam dias longos pela frente, e elas precisariam estar com corpo e alma fortes para enfrentá-los.

Aina, no entanto, se levantou pouco tempo depois, aterrorizada pelas lembranças recentes, e permaneceu em pé encarando o pátio da frente do sobrado pela janela. Observou a árvore que a tia dias antes havia descrito para ela; bonita e com vários botões de flores roxas prestes a desabrochar. Ela olhou para Tereza, que dormia com tranquilidade, alheia à tragédia que acabara de assolar sua família, sem saber que havia se tornado órfã. Lembrou do irmão e dos demais homens e mulheres atirados naquele galpão esquecido por Deus e dos momentos finais do pai, que ainda jazia no leito do rio.

Sua respiração ficou acelerada, e ela encarou a espingarda que havia colocado na pequena mesa no quarto. Sem pensar duas vezes, pegou a arma, beijou a testa de Tereza e deixou a casa. Olhou para a árvore em frente ao sobrado e deu de cara com uma borboleta amarela que movia as asas delicadamente àquela hora da noite.

Valente como um búfalo, livre como uma borboleta, indomável como a tempestade. Ela repetiu mentalmente antes de seguir para os fundos do sobrado e voltar para o rio.

5. *Tempestade*

Quando Aina pisou no outro lado, o céu começava a clarear. Ela puxou a espingarda e uma pá que havia levado na pequena cruzada que havia tomado para si. O corpo do pai permanecia no mesmo lugar, preso na vegetação da margem, deixado para trás como se não valesse nada. Ela segurou o choro enquanto se aproximava e o puxava para fora das águas, então, começou a cavar.

Aina nunca havia imaginado que um dia cavaria a cova do próprio pai, muito menos que precisaria resgatá-lo daquela forma, mas se manteve firme ao que havia se comprometido. Ela descansou o corpo de Francisco e o cobriu com um cobertor de terra, então fez uma oração enquanto observava sua última morada ao lado do rio que ele tanto amava. Aina andou até as águas, inspirou fundo e fez uma promessa: levaria Antônio para casa e manteria os irmãos em segurança como o pai desejava, nem que aquilo fosse a última coisa que fizesse na vida. De repente, seus olhos foram atraídos para algo próximo aos seus pés.

Ela encarou a forma arredondada submersa nas águas rasas da margem e sentiu o coração bater forte ao perceber o que via. Ela se abaixou e pegou o *okutá*. Era sua mãe Oyá. Ela olhou ao redor, mas não conseguiu encontrar mais nenhum dos orixás que haviam sido perdidos quando o pai fora alvejado pelas costas. Apenas Oyá a esperava, paciente, na margem do rio. Aina levou a pedra ao peito e fechou os olhos enquanto lembrava do último conselho que o pai lhe dera:

quando se pedia com força e de toda a alma, alguém sempre ouvia.

Enquanto pensava no pai e nos irmãos, segurou a pedra redonda da orixá com força e fez uma prece. Pediu que Oyá lhe desse a bravura dos seus búfalos e tempestades, que fosse indomável como seus ventos e precisa como seus raios. Um trovão ecoou pelo céu, e Aina sentiu o vento se transformar em vendaval. Abriu os olhos e, enquanto o vento aumentava, sentiu a energia da mãe das tempestades a abraçar. Oyá estava presente, atendendo a seu lamento. Ela guardou o *okutá* junto ao corpo, puxou a espingarda e começou o trajeto pela trilha do rio, a mais escondida, até a fazenda do coronel. Não demorou muito até aparecer próximo às margens já dentro do território de Alcântara e avistar o grande grupo de bubalinos. O vento ricocheteou nos galhos das árvores, e Aina viu naqueles animais uma chance de se esconder para alcançar o galpão.

Olhou ao redor, porém não havia sinal de nenhum dos capangas do coronel. Ainda era muito cedo, mas logo alguém devia aparecer. Correu encurvada na direção do galpão.

Usou o cabo da espingarda para quebrar o cadeado que prendia a passagem e sentiu que a orixá dos ventos a guiava, emprestando sua força e valentia. Ela chutou a porta e mirou a espingarda, mas só encontrou os homens e mulheres escravizados ainda no mesmo lugar. Eles olharam para ela com um assombro que, em instantes, se transformou em esperança.

Ela puxou uma faca da cintura e cortou uma corda que prendia um dos homens a um pilar de madeira.

— Muito obrigado, menina — agradeceu ele.

— Ajude a libertar os outros — pediu ela, entregando a faca.

Então foi ao encontro de Antônio.

— Aina? — balbuciou ele enquanto colocava sentido na visão. — O que tá fazendo?

— Vim levar você pra casa — disse firme, e o irmão mal a reconheceu.

Parecia outra mulher, mais valente.

Ela estourou o cadeado e a corrente que prendiam Antônio e então passou a ajudar os demais a se soltarem. Sabia que era questão de tempo até alguém aparecer para conferir o barulho que havia feito, mas não sentiu medo.

— Tem uma trilha pelo rio — informou ela. — Aquela escondida que o pai nos ensinou — completou, voltando-se para o irmão, que anuiu. — Sigam por ela, é pelo mato fechado, vai dar algum tempo pra todos saírem daqui. Vão pelo meio do rebanho.

O grupo andou para longe do galpão, em direção à mata ao redor da fazenda que dava acesso ao rio sagrado. Estavam no meio do caminho quando Zé saiu do alojamento e os flagrou.

— Patrão! — gritou ele e puxou a pistola do cinto.

O capanga deu um tiro para o alto, assustando o grupo.

Os búfalos se moveram, nervosos com os tiros, enquanto o vento voltava a aumentar.

— Se abaixem atrás dos búfalos! — gritou Aina enquanto via a figura do coronel Alcântara surgir na varanda da grande casa.

Sem pensar duas vezes, ela puxou a espingarda e acertou o ombro do capanga, que caiu no chão gritando de dor. O coronel, enfurecido pela cena, passou por cima do capanga e puxou a arma. Ela olhou uma vez mais para o grupo. Ainda restava boa parte do caminho para alcançarem a liberdade, precisava de uma distração.

Aina... Valente como um búfalo. Ela ouviu o vento sussurrar uma vez mais. Sentiu a força da orixá pulsar no *okutá* guardado próximo ao peito. Os animais ficaram ainda mais agitados, e alguns começaram a bater com os chifres nas madeiras do grande cercado onde estavam. A filha de Oyá então soube o que deveria fazer. Sem pensar duas vezes, estourou a cerca que continha os animais nervosos. Ao ver seus preciosos bichos se espalharem pelo campo, o coronel a encarou com fúria enquanto a xingava. Ele ergueu a arma, em dúvida entre tentar mirar no grupo de fugitivos se escondendo atrás do seu precioso rebanho, fugindo até o rio, ou na menina. No entanto, cruel e com um dom para machucar as pessoas, logo se deu conta de que sabia o ponto fraco dela. Ela o deixara aparente o tempo todo. Então mudou a mira para Antônio. A filha de Oyá sentiu o corpo gelar ao perceber que o irmão ainda estava terminando o percurso até o rio.

Mas Aina não era mais ela. Um trovão retumbou seguido de um raio que caiu no campo, fazendo a terra tremer debaixo das patas dos búfalos. O rebanho ergueu os chifres para o céu, como se ouvissem o mesmo que Aina, escutando uma ordem superior, e começaram a correr ao redor da filha de Oyá. Ela observou a cena, todos aqueles animais poderosos correndo furiosos junto ao vento, acompanhando o movimento de tornado do *eruexim* de Oyá. Aina ergueu o olhar para um grande búfalo que correu até ela e parou, convidando-a a montar em suas costas. Seu coração bateu forte junto ao *okutá*, junto à energia do rebanho batendo as patas poderosas no chão. Assim que subiu no búfalo, Aina sentiu que havia sido tomada pela força das tempestades.

Ela segurou nos chifres do búfalo e gritou com toda a força e ira, então apontou e guiou o restante do rebanho em direção ao coronel. Um novo raio caiu, guiando o estouro do rebanho, que correu enfurecido na direção de Alcântara. Enquanto se agarrava aos chifres do búfalo, ela sentiu que compartilhava toda a bravura e poder daquele animal. Sabia que Oyá estava ao seu lado, guerreando entre os búfalos e dançando com o vento. E sabia que Oyá, quando dançava com o vento, carregava a bravura de mil búfalos e só parava quando alcançava a vitória.

Alcântara não teve tempo de agir, pego de surpresa por toda a confusão causada pela jovem. Quando fez menção de puxar o gatilho, seus preciosos animais o atropelaram, passaram por cima dele e de todo o seu orgulho e crueldade, insignificantes debaixo das patas pesadas. Assim como fizera com Francisco, o coronel não teve chance de revidar. Viu a vida ser ceifada lentamente pela jovem que havia prometido destruir.

Seu corpo permaneceu abandonado até que o rebanho voltasse a se acalmar, e Aina estivesse com Antônio do outro lado do rio.

6. *Borboleta*

Madalena não acreditou no que viu quando Aina entrou no pátio carregando Antônio nas costas. Observou a jovem com desconfiança, não parecia ela, mas outra pessoa, e, naquele pequeno instante, teve certeza de que estava diante de alguma força poderosa.

— Cuide dele. Não abre o portão pra ninguém, eles estão vindo — ordenou ela enquanto deixava Antônio na cama.

Foi até a pequena Tereza, olhou-a com candura e então se levantou e voltou até o pátio do sobrado.

Ela pegou o *okutá* e o observou.

Aina... o vento sussurrou para ela. Oyá a chamava.

Ela saiu para o pátio e encarou a árvore na frente de casa enquanto seu corpo e alma eram atormentados por uma dor que ela não sabia expressar. A liberdade custava caro, e ela não tinha certeza de quando a conquistaria por completo. Uma borboleta-monarca pousou no tronco, abriu e fechou as asas duas vezes enquanto a garota continuava ouvindo a voz do vento lhe chamando.

— Aina! — chamou a tia, vendo-a se aproximar da árvore.

A jovem olhou para a rua e viu que havia uma movimentação ainda distante, mas que em breve alcançaria o sobrado.

Segurou o *okutá* de Oyá e mais uma vez o levou ao coração para uma nova prece. Lembrou-se dos pais, que a acolheram e a criaram com todo o amor que tinham, e recordou-se do maior desejo do pai, de que todos eles tivessem segurança, um lugar para que vivessem em paz. Pôde ouvir o barulho dos capangas do coronel cada vez mais próximos. Aina sabia que Oyá era a orixá dona de todos os tetos, protetora das casas e lares, e viu uma chance, uma última esperança desesperada. Fechou os olhos uma vez mais e pediu de todo o coração um recomeço para todos eles, uma vida de liberdade e segurança. Enquanto segurava o *okutá*, ouviu o vento sussurrar e um trovão percorrer o céu que mudava novamente.

— Proteja esta casa, minha rica mãe — pediu ela. — Tudo o que estiver do portão pra dentro, é seu. Está debaixo de sua proteção. Tudo o que peço é segurança pro meu sangue e liberdade. Liberdade que nunca tive — lamentou ela com a certeza de que, muito em breve, viriam atrás da jovem que matara o coronel.

— Lá está ela! — gritou um dos homens que trabalhavam para Alcântara, apontando para a jovem filha de Oyá.

Estavam em um grupo de cinco, prostrados no portão do sobrado.

— Aina, venha para dentro! — implorou Madalena, enquanto pensava em como proteger os sobrinhos.

O homem sacudiu o pequeno portão, e uma rajada de vento soprou de volta, sacudindo o portão com mais força ainda, deixando-os assustados por um instante.

Num ato desesperado, Aina ignorou todos os ritos que aprendera com o pai e não devolveu o *okutá* para o rio, preferiu escondê-lo aos pés da árvore entre as raízes. Sabia que havia grande chance de a orixá se zangar com aquele ato, mas era sua última esperança e tinha fé de que seria atendida por Oyá. A única orixá do quarto de Santo da família que havia restado.

Aina chorou um rio de lágrimas enquanto o sofrimento de todas as suas perdas a partia ao meio. Clamava que a orixá também a libertasse da dor que sentia, dos males daquela vida e sociedade que a maltratava. Um vento forte passou por toda a casa enquanto nuvens se moviam rápido no céu.

— Mas que diabo! — bradou um dos capangas enquanto segurava o chapéu e olhava para o alto.

Um deles tentou invadir o terreno e o som de um raio ecoou pelos ouvidos de todos, lançando uma descarga elétrica no homem e o jogando para longe do casario.

Aina ouviu um novo trovão e reparou que havia mais duas borboletas na árvore. Elas foram seguidas de mais outra e outra. Suas asas amareladas com pintas pretas e brancas enfeitavam o tronco e seu corpo. Quando Aina se deu conta, estava tomada por borboletas. Estavam em seu cabelo, no tronco da árvore, nas folhas, bem como em seus braços e pernas. Eram tantas que Aina não conseguia nem as contar. No entanto, à medida que cada uma delas pousava em sua pele preta, a jovem sentia que ficava mais leve, mais viva e com menos peso no coração. Uma rajada de vento a envolveu, e as borboletas começaram a voar ao seu redor, batendo as asas coloridas, formando um pequeno redemoinho.

— *Eparrey*, minha mãe. *Eparrey*, Oyá — respondeu ela ao vento antes de ser tomada por completo por um furacão de asas coloridas.

— Aina! — chamou Madalena em um sussurro, espantada com o que via: a manifestação de mãe Oyá diante de seus olhos.

Então tudo se acalmou.

O vento, os trovões, a tempestade.

— Virgem Santíssima — falou outro capanga.

O grupo, assustado, se afastou. Alguns fizeram o sinal da cruz enquanto outros carregavam o corpo desacordado daquele que tentara invadir a casa que havia sido entregue aos cuidados de Oyá.

— Aina! — Tia Madalena correu até a árvore. Andou pelo pátio e girou no lugar enquanto buscava pela sobrinha. — Aina — gritou uma vez mais, mas não havia sinal algum da garota além de um monte de borboletas espalhadas na árvore e no gramado ao redor.

Aina havia se juntado a Oyá em sua dança nos ventos. Tornara-se indomável como a tempestade e livre como uma borboleta.

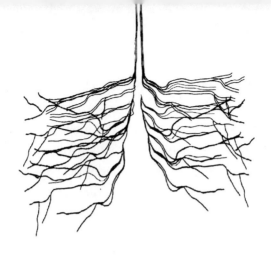

Prólogo

O pai de santo Francisco colhia ervas na beira do rio que lhe era sagrado. A barriga roncou enquanto ele puxava as pequenas mudas do solo. Pensou na esposa, Joana, que àquela hora devia estar terminando de fazer o almoço, e se perguntou qual quitute o esperava. Enquanto continuava o trabalho daquela manhã, percebeu certa agitação nas margens. Ergueu o olhar e se deparou com uma menina de uns 4 anos que corria para fora do rio e parecia perdida. Ela girou os pezinhos na água doce como se tentasse entender onde estava. Francisco largou o que fazia e olhou ao redor também, em busca dos pais da criança, mas não havia mais ninguém naquelas margens. Aquilo o deixou confuso.

— Olá. — Ele se aproximou dela. — De onde veio, pequena?

O homem apoiou as mãos nos joelhos para encará-la, e a menina se encolheu, acanhada, olhando os peixes ao redor dos pequenos pés banhados pela água dourada. Então, simplesmente apontou na direção do rio.

Ela pisou em uma pedra e se desequilibrou, apoiando-se nas pernas do pai de santo.

— Cuidado — alertou ele e achou graça quando ela pegou a pedra que quase a derrubara; era perfeitamente redonda e poderia muito bem ser um *okutá* da orixá Oyá. A pequena olhou a pedra com cuidado, então a jogou de volta nas águas doces. A criança não sabia, mas aquelas pedras, em sua maioria, acabavam sendo escolhidas como *okutás*; eram sagradas. — Pode me dizer seu nome? — Ele tentou descobrir.

A menina ergueu os grandes olhos escuros para o pai de santo.

— Aina.

O que acha de uma nova experiência de leitura? Leia os contos na ordem cronológica:

1873	Prólogo — Carol Camargo
1886	O segredo do vento — Carol Camargo
1904	A bênção da quaresmeira — Mariana Chazanas
1987	Os ecos daqui e de lá — Patie
2018	A andarilha das águas do tempo — Bettina Winkler
2019	Eu, feita de tudo e nada — Karine Ribeiro
2056	Epílogo — Valquíria Vlad
2056	Tempo preso em uma garrafa — Valquíria Vlad

Árvore Genealógica

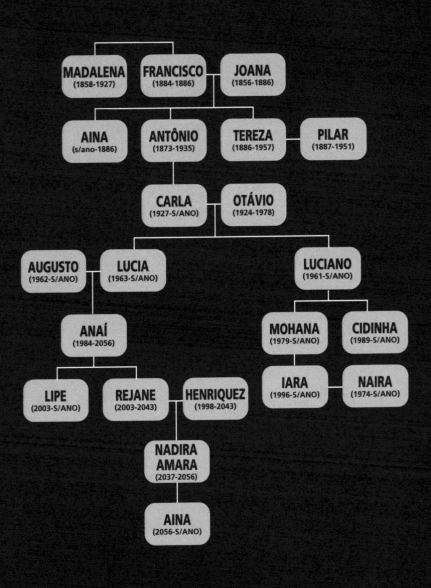

Glossário

Axó: significa "roupa" em iorubá. As vestes para os ritos de matriz africana.

Bará: orixá da comunicação, dos caminhos e da linguagem. Trabalha como mensageiro entre os orixás e seres humanos. Também conhecido como Exu.

Eparrey: "salve o raio"! Também traduzido como um "olá" com muita admiração. Saudação para Oyá/Iansã.

Eruexim: instrumento sagrado da orixá Oyá/Iansã. Uma chibata feita de pelos de rabo de cavalo.

Iemanjá: orixá feminino das águas. O nome significa "mãe cujos filhos são peixes". No Brasil, é cultuada como a grande mãe do Mar.

Ítan: uma palavra de origem iorubá que significa "história" ou "conto". No candomblé, especificamente, *ítans* são histórias sobre os orixás contadas de geração em geração.

Ogum: orixá guerreiro ligado à ferraria e criação de ferramentas e armas de ferro. Conhecido por ser um orixá que abre caminhos e é muito bravo na defesa de seu povo.

Okutá: significa "pedra sagrada" em iorubá, é nele que o axé de um orixá é fixado por meio de ritos religiosos.

Orí: no sentido literal, significa "cabeça física". A morada do orixá. Orí também é considerado, em algumas linhas religiosas, como uma divindade pessoal que acompanha a pessoa desde antes de seu nascimento até após a morte.

Oxum: orixá feminino do amor. Ligada às águas doces e cachoeiras. Atua no campo das emoções, da fecundidade. Considerada a mãe gentil dentre os orixás, ligada ao mel e ao ouro.

Oyá: outro nome/representação de Iansã. Orixá feminino que rege os ventos, tempestades e raios.

Pai de Santo: também conhecido como babalorixá, pai de terreiro, ou babá, é o sacerdote das religiões afro-brasileiras.

Xangô: orixá da justiça, dos raios, do trovão e do fogo.

Xapanã: orixá da cura em todos os seus aspectos. Ligado às doenças, à morte, ao respeito aos mais velhos e à saúde.

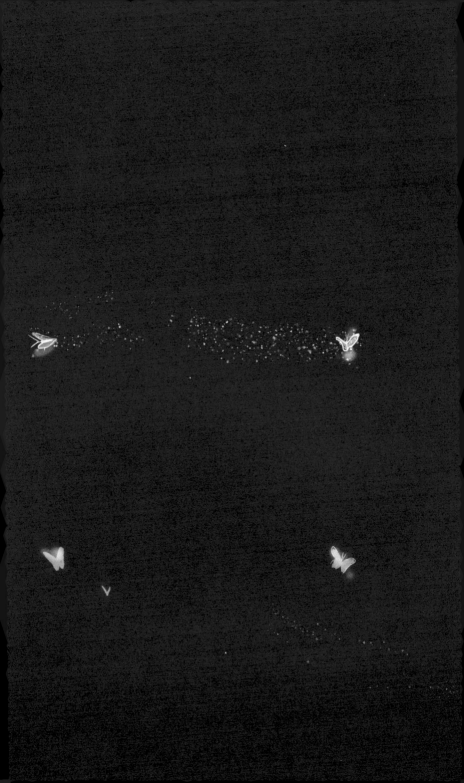

Sobre as autoras

Bettina Winkler é uma escritora baiana que produz conteúdo sobre escrita criativa e literatura. É roteirista, tradutora, preparadora de textos e autora independente de *Transmorfo* e contos publicados na Amazon. Também já teve participação em antologias da Editora Rouxinol, Illuminare, além da coletânea *Crônicas Soteropolitanas*. Ela tem formação em Gestão de Turismo e é pós-graduada em Tradução de Inglês. Siga @bettwinkler no Instagram e acompanhe seu trabalho em www.bettinawinkler.com.br.

Carol Camargo, nascida no Rio Grande do Sul, é escritora e pesquisadora de movimentos migratórios africanos. Filha de Iemanjá, aborda em suas histórias a ancestralidade e a religiosidade africana, utilizando itans iorubás e discussões sobre o tema para compor o cenário dentro do realismo mágico. Dentre suas obras estão *A morte de Daomé*, *Um amigo do outro lado*, *Pátio dos milagres* e *Orpheu da Encruzilhada*.

Karine Ribeiro é graduada em Letras pela Universidade Federal de Minas Gerais. Tradutora e faz-tudo editorial desde 2016, já trabalhou em mais de cem títulos, entre eles mais de cinquenta traduções. Apaixonada por livros desde que se entende por gente, começou a escrever sobre seus fantasmas aos 12 anos e nunca mais parou. Seu romance de estreia, *Secretária de Satã*, foi vencedor do IV Prêmio Aberst de Literatura na categoria Narrativa Longa de Horror. Vive cercada de livros nas serras de Minas Gerais.

Mariana Chazanas é escritora, psicóloga, pedagoga, funcionária pública e procrastinadora profissional, além de mãe de dois gatinhos lindos. Escreve desde sempre e anda viciada em romances. Já escreveu para diversas coletâneas, e seu romance de estreia, *Amor ou algo assim*, será lançado em 2023. Atualmente reside em São Paulo, onde trabalha com pesquisa e com o próximo livro, porque sempre tem um próximo livro.

Patie é o pseudônimo da escritora Patrícia Camargo de Sousa. Nascida e criada em Porto Velho, Rondônia, Patrícia é diplomata e mestre em Relações Internacionais pelo programa de pós-graduação da Unila, onde pesquisou a relação entre Hallyu e poder. Em 2021, lançou a (quase) novela *Emília*. Você pode encontrá-la no Instagram e no Twitter (@patiecamargo), onde provavelmente estará brigando por esporte.

Valquíria Vlad é publicitária formada pela Universidade Federal do Ceará e autora de livros de ficção e não ficção. Nascida em Fortaleza e atual residente de São Paulo, trabalha como *head* de comunicação e ministra aulas sobre financiamento coletivo para o mercado editorial. Foi finalista na categoria Profissionais de Marketing e Vendas do Ano do Prêmio PublishNews 2023. Enquanto escritora, usa de elementos fantásticos em suas histórias para refletir sobre as relações humanas e as muitas finitudes com as quais nos deparamos ao longo da vida.

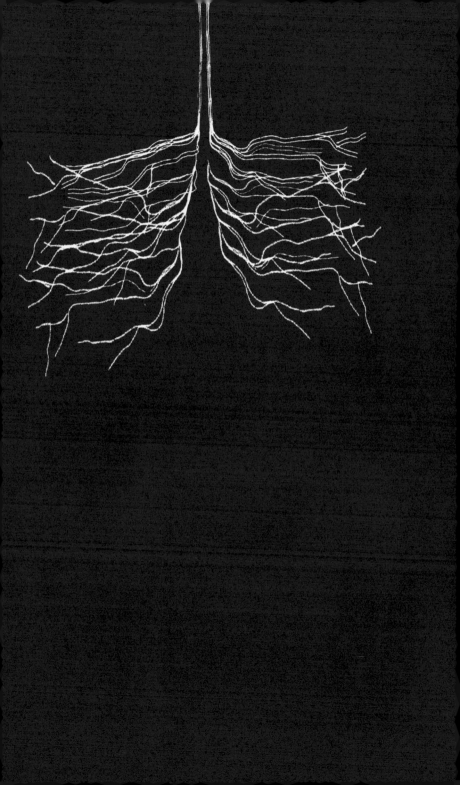

Este livro foi impresso pela Vozes, em 2023, para a
Harlequin. O papel do miolo é avena 70g/m² e o da
capa é cartão 250g/m².